Claudia J. Schulze

In den Schuhen der Welt

Nihil certum est

Herstellung und Verlag: BoD- Books on Demand, Norderstedt
Bild: Klára Sedlo, Prag
© Claudia J. Schulze
ISBN: 978-3-7431-9632-2

Kapitel 1: Khimère Lefuet

Es gibt eine alte Weisheit, die besagt, dass man einen Menschen erst dann beurteilen könne, wenn man zuvor mindestens eine Weile in seinen Mokassins gelaufen sei.
Der Pfarrer bei uns daheim pflegte dies gelegentlich zu erwähnen, wenngleich er selbstverständlich kein Indianer war, sondern vielmehr ein katholischer Geistlicher. Allerdings hat er es in vielerlei Hinsicht ohnehin nicht so besonders genau genommen. Anders ist es wohl nicht zu erklären, dass nach und nach in unserem Dorf viele der Kinder dem alten und weise anmutenden Pfarrer auf eine geradezu verblüffende Art ähnelten. Indes sollte dies niemanden zu der irrigen Annahme verleiten, dass das, was der Pfarrer so erzählte, im Laufe der Sonntage und auch sonst, daher ohne Wert gewesen sei oder gar jeglicher Substanz entbehrte. Das Gegenteil war, ich habe es bereits angedeutet, der Fall. Selbst die besondere Weisheit der Indianer, welche der Pfarrer bei keinem geringeren Anlass als dem Pfingstfest von sich gegeben hatte, war ganz und gar passend und ohne weiteres einzuordnen in das, was er uns auch sonst zu sagen und zu zeigen versuchte. Möglicherweise auch, das könnte eine Erklärung sein, durch die Liebe zu all den Kindern, die zwar nicht seinen Namen trugen, doch offenbar sein Gesicht. Durch manch freundliche Geste drückte er sie aus,

verschwendete sie geradezu in die Welt hinein und brachte damit die Frauen des Ortes, auch die mürrischsten unter ihnen, zum Strahlen und zum Lächeln.

Klug war er und liebevoll, wenngleich er das eine oder andere Mal über das Ziel hinausschoss.

Darauf herumzureiten wäre kleinlich. Nun ist das so eine Sache mit der Weisheit der Indianer.

Mokassins oder andere Schuhe habe ich nämlich nie getragen. Gelegentlich Sandalen, doch weiß ich nicht, ob diese mit ihren großzügigen Freiräumen und Schlupflöchern überhaupt zählen.

Auf dem Weg des Lebens war ich also sozusagen barfuß unterwegs. Daher wird niemals jemand in meinen Mokassins laufen können, wird niemals jemand mich wirklich verstehen können. Aber vielleicht gibt es noch durchaus andere Wege.

Möglicherweise kann ich meine Geschichte auch einfach erzählen und die Reise so zu einer machen, auf die der Leser mich begleitet. Der eine oder andere mag hinterher, nach unserem gemeinsamen Weg durch diese meine Geschichte, anders urteilen als zuvor. Über die Dinge, über die Menschen, und über die Versuchungen der Gewissheit. Und so, obgleich mir die Freude im Laufe meines nun bereits einige Jahrzehnte zu lange andauernde Lebens fast zwangsläufig abhandenkam wie etwas, das auf vertrackt schwierigen Wegen wohl doch nur eine allzu große, und letztlich unnötige Last, oder gar gefährlich trügerische Verlockung gewesen wäre, ist es mir nun, und ich schmeichle Ihnen nicht wenn ich das einräume, dennoch tatsächlich angenehm, Sie auf dieser Reise mitzunehmen. So angenehm sogar, dass diese Gestimmtheit dem leisen Abglanz einer früheren, fast vergessenen und schönen Gefühlsregung zumindest im leisen Ansatz wieder nahe kommen mag.

Auf der Reise, die ich barfuß zurücklegte ohne den Schutz vor Kälte, vor Steinen oder Scherben. Hitze und Frost, Wind und Gezeiten waren sie ausgeliefert, die Füße, oft wund gelaufen und müde. Und dennoch erreichten sie ihr Ziel.

Während dieses Marschs dachte ich manchmal an meinen Vater und an meinen Großvater. Beide waren im Krieg gewesen. Mein Großvater hatte einmal, mitten im Winter, mitten im ärgsten Krieg, keine Schuhe mehr gehabt. So musste er barfuß laufen. Später wurde er ausgezeichnet. Natürlich nicht wegen der Sache mit den Schuhen. Er wurde ausgezeichnet, weil er offenbar vielen seiner alten Kameraden das Leben gerettet hatte.

Von mir hätte er jedoch allein schon für das Barfußgehen einen Orden bekommen. Denn ich weiß, wie schwer es ist, wenn einen nichts schützt, wenn man auf Gedeih und

Verderb über den rissigen, kalten oder auch glühenden Grund laufen muss, der unsere Erde bedeckt.

Doch nun zu mir. Warum wird ein Mensch psychisch auffällig?

Es ist unmöglich hierauf eine einfache und auch nur im Ansatz befriedigende Antwort zu geben. Aber einer Sache bin ich mir sicher: Es hat mit Vertrauen zu tun. Mit einem verloren gegangenen Vertrauen in die Welt. Mit dem Zerbrechen kleiner Gewissheiten, gefolgt von großen. Das Vertrauen wiederum vermag zwar ebenfalls den Blick zu verstellen, und dennoch kommt kaum einer ohne eben jenes bergende, gute Gespinst aus, welches uns wie ein windschiefes Vogelnest im Regen gerade noch so, auf einem einzigen gegabelten Ast über dem Abgrund hält. Auch ich nicht.

Dies ist die Geschichte meines Lebens, und nur durch meine Offenheit kann ich dem entgegentreten, was ich den *„Verlust des Vertrauens"* nenne.

Dieser Verlust kann einen überall ereilen. Der Zweifel kann sich auf nahezu alles legen. Doch kommt er nicht von nichts. Der Verlust trägt Namen, viele Namen.

In meinem Fall trug er den Namen Monsieur Khimère Lefuet, und erstmals begegnete ich ihm in Straßburg, in der Stadt, in der ich ihn später tötete, am Quai des

Bateliers, nicht allzu weit von dem Ort entfernt, an dem auch unsere erste Begegnung stattgefunden hatte.

Er fiel mir während einer meiner Besuche in dieser Stadt vor dem Seitenflügel des Münsters auf, wo er sich mich wohl in irgendeiner mir nicht verständlichen oder nachvollziehbaren Weise ausgesucht hatte. Seine in tiefen Höhlen liegenden, doch wie zu einem merk-würdigen Ausgleich hierfür besonders hellen, beinahe schon cyanfarbenen Augen verfolgten mich unverwandt, bis ich erleichtert die massive Seitentür im Rücken spürte, die Tür, hinter die ich mich geflüchtet hatte und welche mich nun vor seinen Blicken schützte. Zu dieser Zeit verbrachte ich meine Tage überwiegend in der Nähe des Münsters, wohnte ich doch nicht allzu weit entfernt auf der anderen Seite des Rheins, so dass es keines großen Aufwandes bedurfte hierher zu gelangen. Nach dem nun so banal wirkenden Verlust meiner heiligen Liebe Hannah (die ich im Spätsommer zuvor in einem Reisebus zur Gebetswoche nach dem damals noch recht sagenumwobenen Taizé in Burgund zum ersten Mal getroffen hatte) und die sich für einen anderen entschieden hatte, war alle Kraft aus mir gewichen.

Seit dem zusätzlichen Verlust meiner Arbeitsstelle, die man aus - wie ich fand - recht schnöden, nämlich rein finanzwirtschaftlichen Gründen einsparen wollte, und für die damals mein Studium abzubrechen mir nahegelegt wurde, da man meiner anscheinend ausdrücklich bedurfte (wovon nun freilich nichts mehr zu bemerken war), hatten mich zudem noch besonders starke und tückische Kopfschmerzen geplagt, die mit steter Schlaflosigkeit einhergingen und es mir tagsüber beinahe unmöglich machten mich auf etwas zu konzentrieren. Nur in den massiven, schützenden Gemäuern der Cathédrale Notre Dame de Strasbourg war dies anders.

Dort gab es trotz all dieser umherirrenden Touristen eine gewisse Ruhe und Andacht. Zudem befand sich im mittleren Foyer eine tröstende Heiligenfigur, die meiner Hannah ähnelte.

Bei dieser hielt ich mich auf, saß manchmal viele Stunden neben ihr, ohne zu merken, wer alles an mir vorbeizog.
Diese Figur konnte ich fragen, was ich die echte Hannah nie hatte fragen können, nämlich: warum sie mich verlassen hatte. Gesagt hatte sie es mir schon.
Ihre Begründung war, dass sie das Ausmaß meiner Liebe zu ihr erschreckte. *Zu viel Liebe.*
Und das konnte ich nur die heilige Hannah fragen: Was ist zu viel Liebe?
Die heilige Hannah lächelte rätselhaft und so starr auf diese meine wiederholte Frage, wie es steinernen Figuren

eigen ist, doch trotz ihres Steinern-Seins glaubte ich ihre Antwort zu kennen, nämlich die, dass es an Liebe niemals genug geben kann, geschweige denn zu viel.

Jedoch, auch dies muss ich einräumen, schien an der steinernen Hannah ohnehin von vornherein alles abzuperlen, was damit in Verbindung gebracht werden konnte.

Liebe, ich gebe es zu, grenzt von jeher an einen gewissen Wahnsinn, der nur hier, in einer Kirche, einem Dom oder einem Münster, seine Entsprechung findet.

Der heilige Michael, mein Bruder im Geiste, zu dessen Füßen ich nun auf einer der hölzernen Bänke saß, schien noch immer mit dem Drachen zu kämpfen, von nichts anderem als dem Wahnsinn seiner Liebe geleitet. Die morsche Stimme unseres alten Pfarrers, bereits brüchig wie er selbst, erreichte mich, als ich mich selbst dabei überraschte, wie ich die Hände, ohne darüber nachgedacht zu haben, zum Gebet gefaltet hatte. Solcherlei Gesten liegen mir normalerweise nicht, und niemals käme es mir ernsthaft in den Sinn, mich vor all diesen Menschen hier so gehen zu lassen. Im Münster sollte man, ginge es nach mir, um diese Zeit der Woche und um diese Zeit des Tages nicht beten.

Man bewundere die Kunstfertigkeit der Erbauer der Kathedrale, die letztlich entschiedene Sicherheit der

Steinmetze und die erstaunliche Detailtreue der Fensterbauer.

Ab und an bekreuzige man sich, oder aber man entzünde Kerzen. Doch reines, durch nichts verschleiertes Beten außerhalb des dafür vorgesehenen Gottesdienstes konnte mir nicht angemessen erscheinen. Nackt war man, schutzlos, wenn man betete, und nackt präsentierte man sich den Menschen, die, außerhalb der Gottesdienste mit ihren Kameras und Blicken willkürlich alles abtasteten, alles besahen und beinahe mit obszöner Geste in sich aufnahmen – freilich ohne es zumeist wirklich in sich zu bergen. Voll innerer Bestürzung entfaltete ich meine Hände wieder.

Die Geräusche der Menschen um mich herum wurden lauter, was mich ängstigte. Dennoch hörte ich sie, die schon fast versagende Stimme des Pfarrers, der über Michael zu berichten wusste, und auch über das Ende aller Dinge:

Die Sonne werde schwarz wie ein härener Sack, und der Mond werde wie Blut; und die Sterne des Himmels fielen auf die Erde, und der Himmel entwiche wie eine Buchrolle, und alle Berge und Inseln werden von ihrem Ort weggerückt.

Lange blieb ich auch an diesem Tag im dunklen Schutz des alten Münsters, noch weitaus länger als gewöhnlich.

Ich warf sogar einen ausgiebigen Blick in die gänzlich abgegriffenen, unaufhaltsam verfallenden Gesangbücher, deren Geruch dem weltabgewandten Geruch greiser Menschen nicht unähnlich war. Fast beiläufig las ich die Schilder, welche gleich in mehreren Sprachen vor besonders trickreichen und ausnehmend ehrgeizigen Taschendieben warnen sollten, die sich auch nicht von Gottes Zorn abhielten ließen ihrem dunklen Tagesgeschäft nachzugehen. Zusätzlich aufgehängte Bilder von kubistisch anmutenden Händen und eindimensionalen Taschen, in welche diese Hände griffen, untermalten drohend oder wohlwollend das Geschriebene. Es hatte etwas zugleich Unterhaltsames wie Erhebendes, wie so vieles, was die Kathedrale in sich barg. Allein die heilige Hannah-Figur mied ich heute. Keine Blöße wollte ich mir an diesem Tag geben, da der Blick dieses Mannes mir noch immer im Genick saß wie etwas, das man abschütteln möchte wie einen unvermittelt kalten Hauch in einem jener wundersamen Sommer, die, sich selbst genügend, eines solchen Hauchs keinesfalls bedurften.
So studierte ich höchst geduldig die Skulpturen, Fensterbilder, eine alte Weltuhr, die außer der Uhrzeit auch astronomische Sachverhalte wie die Lage von Sonne und Mond über dem Horizont und im Tierkreis, die Mondphasen und die Stellungen der großen Planeten am

Himmel anzeigte. Hernach wanderte ich ganz bedächtig zu der Ansammlung von Kerzen hin, von denen ich sehr vorsichtig eine entnahm um sie in feierlicher Langsamkeit zu entzünden, um somit wenigstens eine angedeutete, jedoch zugleich durchaus demonstrative Gemeinsamkeit mit den anderen Gästen des Münsters zu erzeugen. Eine Geste der Annäherung, die man niemals geringschätzen sollte, vor allem dann nicht, wenn man sich, wie ich, für eine der teuren und besonderen Marienkerzen entschieden hatte, für die man das Vierfache des Preises zu entrichten hatte.

Schließlich erreichte ich den Altar, der offenkundig aus einer anderen Epoche stammte als der Rest des Gebäudes. Das war mir nie zuvor aufgefallen. Er passte nicht. Warum hatte ich das vorher noch nie bemerkt? Womit konnte dies denn wohl zusammenhängen?

Während mir der Grund hierfür noch nicht klar war, vergaß ich den Mann mit den hellen Augen beinahe wieder, und ich hätte wohl gar nicht mehr, oder zumindest kaum noch, an ihn gedacht, wäre er nicht noch immer an der gleichen Stelle verblieben, an der ich ihn zuvor gesehen hatte.

Wäre ich nicht, entgegen meiner sonstigen, sicheren Gewohnheiten, die mich jeweils zuverlässig von den geradezu abwegigen Nebeneingängen weggeleitet hatten, an der gleichen Tür wieder herausgetreten: Wer weiß, wahrscheinlich wären wir uns nicht wieder begegnet.

Nun hingegen lächelte er mich an wie einen alten Bekannten, auf den er lange und voller Vorfreude gewartet hatte.

Gerade so, als hätte ich keine andere Wahl, blieb ich vor ihm stehen. Er stellte sich mir mit großer Selbstverständlichkeit vor, nannte mich sogleich mit wohlklingender Stimme *„Monsieur"* und streckte mir mit ganz ausgesprochen höflicher Geste die rechte Hand zum Gruß entgegen, wobei er mir mit einem unverkennbar elsässischen Einschlag seinen ganzen Namen nannte, auch den Vornamen. Meinen offenkundig verwunderten Blick deutete er richtig. Zwar war ich, ungeachtet meines eigenen französischen Namens, den ich der kurzen, leidenschaftlichen Ehe meiner Mutter mit meinem Vater Mael Lemaign, einem, wie sie mir häufig in Erinnerung rief, zwar stattlichen und dennoch zugleich besonders empfindsamen Bretonen zu verdanken habe, des Französischen nur im Ansatz mächtig, dennoch schien mir der Vorname instinktiv sprachlich für einen Mann nicht passend zu sein.

Wie so häufig trug ich meine Gedanken im Gesicht umher, so sehr ich diese Eigenart auch seit Jahren abzulegen suchte.

Dieser Name, so versicherte er mir, sei durchaus männlich, wenngleich die weiche Endung und die Nähe zu dem Wort „*mère*", wie „*Mutter*", zunächst auf etwas anderes schließen ließe.

Doch dürfe man sich nicht, so ermahnte er mich, mit dem ersten Anschein zufrieden geben.

Er war fein gekleidet, ausgesprochen fein sogar, und so nahm es mich Wunder, dass seine Schuhe ganz und gar nicht zu dem Rest der noblen Erscheinung zu passen schienen. Immerhin jedoch ermöglichten sie ihm durch ihre bequeme Beschaffenheit sich müheloser auf dem Kopfsteinpflaster voran zu bewegen, als es ihm mit anderem Schuhwerk wohl möglich gewesen wäre.

Mein Name hingegen schien ihn nicht zu überraschen. So nickte er nur hastig, fast ungeduldig, als ich ihn ihm nannte. Gerade so als habe er ihn bereits gekannt. Bald liefen wir im Einklang, als hätte die Stadt oder zumindest unsere Begegnung in ihr uns zu Komplizen einer Sache gemacht, die nur uns allein etwas anzugehen schien. Und doch blieb er mir unheimlich.

Sein linker Arm hing an ihm herunter, kaum mehr als ein abgestorbener, trauriger Ast, was er durch das Tragen eines feinen, weit geschnittenen Mantels wohl zu verbergen suchte. Indes war es nicht zu übersehen.

Wir kamen ganz ordentlich herum an diesem Tag. Der Geruch des Kanals heftete sich in meiner Nase fest, ebenso wie der Staub auf meinen Sandalen, die ich nur hier trug, denn in die Kathedrale darf man niemals ohne eine Fußbekleidung gehen.

Zumeist mochte ich sie nach meinen Besuchen im Münster nicht mehr anziehen. Doch heute war das anders. Ich wollte mich vor Lefuet nicht unnötig verletzlich machen. An einer der Gaststätten in der Nähe des Kanals lud er mich auf einen *Muscat* ein, dem sich eine *Choucroute* anschloss, die mir unter anderen Umständen ein besonderer Genuss gewesen wäre, doch konnte ich sie nicht genießen.

Etwas in mir sprach eine Warnung aus, die ich nicht zuordnen konnte. Es war nicht nur eine einzige Warnung, ganze Schwärme, ähnlich denen von schon milde betäubten, herbstschwachen Bienen, umsurrten mein Inneres wie morsche Boten des Unheils. Morsch fühlte ich mich selbst in jenen Tagen, und, wer weiß es schon – das Morsche zog wohlmöglich weiteres Morsches an, allen Warnungen zum Trotz und zu schwach, zu unbestimmt um sich gegen den eigenen Zerfall noch zur Wehr zu setzen. So lauschte ich den inneren Boten in hilfloser Lähmung, wohingegen mein Begleiter sich offenbar gut amüsierte und seine Mahlzeit genoss.

Als sich Lefuet schließlich zurücklehnte und das heiß gewordene Gesicht mit einer Serviette tupfte, während sein Blick satt und sanft über die Touristen wanderte, wirkte er mit einem Mal gänzlich arglos, selbst sein Blick stach nicht mehr, und dennoch traute ich der Sache nicht. Das mahnende, fast morbide Surren blieb.

Wir brachen auf, als der Kellner begann uns missmutig zu betrachten, was ihm keinesfalls übel genommen werden durfte. Immerhin gab es bereits neue Anwärter auf unseren im Zentrum gelegenen, von Besuchern begehrten Platz.

Monsieur Lefuet plauderte weiter munter auf mich ein, während wir das historische Gerberviertel zunächst recht hastig durchliefen, doch fiel mir eine Ermüdung in seinem Gesicht auf, die sich zunächst nur durch dunkle Augenringe äußerte, und doch keine andere Vermutung als eben diese zuließ, zumal auch seine Zunge schwerer wurde, was an der leichten, jedoch zunehmenden Verwaschenheit seiner Sprache erkennbar wurde. Wir schlenderten nur noch ein kleines Stück über den *Place de Corbeau.* Schließlich drückte er mir recht unvermittelt eine reichlich speckige, wohl durch das lange Kneten und Rollen schon beinahe pergamentartig wirkende Visitenkarte in die Hand und verschwand ähnlich abrupt, wie er aufgetaucht war, in der Menge der gut aufgelegten

Schaulustigen, die aus aller Welt angereist waren, um sich wie ich die Stadt anzusehen.

Hätte ich die Karte nicht als Beweis in meinen Händen gehalten, so hätte ich bezweifelt, diesem äußerst merkwürdigen Mann jemals begegnet zu sein.

Die Karte - ich hätte sie in den Kanal werfen sollen, auf der Stelle.

Warum ich sie behielt, kann ich bis heute nicht sagen, eben so wenig kann ich die Frage beantworten, welche ich mir bis heute stelle: Warum ich die Telefonnummer, welche ebenfalls auf dieser Karte stand, schließlich gewählt habe. Warum ich Khimère Lefuet also nur wenige Tage später angerufen und nur drei gute Stunden darauf in einem alten Café hinter der *Eglise Saint Guillaume* wieder getroffen habe. Da war etwas Bedürftiges an ihm, etwas, das mich geradezu nötigte, mich ihm zuzuwenden. Möglicherweise könnte dies zumindest im Ansatz einer, wenngleich doch ziemlich unbefriedigenden und letztlich auch vagen Erklärung nahe kommen.

Doch mit Sicherheit kann ich noch nicht einmal dies guten Gewissens äußern. Das zweite Zusammentreffen, bei dem er mich gekonnt mit einer besonders gut gelungenen *Entrecôt*e an *Chou de Bruxelles* mit *Purée Grasse* und großen Mengen *Soupe à l´Oignon* zu einer ausufernden Gier nach mehr verführte, sowie die weiteren nachfolgenden Treffen, welche allesamt von höchst delikaten Speisen und überaus exquisiten Getränken begleitet wurden, lösten etwas in mir aus, leiteten eine Art Zerfall, eine vorüber-gehende geistige Zersetzung bei mir ein, wobei ich heute noch nicht weiß, wie das eigentlich möglich sein konnte. Wie ein einzelner Mensch das bei mir tatsächlich bewirken konnte.

Letztlich scheinen dieser Name und der Mensch, der sich hinter ihm verbarg, zunächst ebenso austauschbar wie der Name einer beliebigen und schweren Krankheit.

Doch darf man sich niemals, soviel habe ich von dem welterfahrenen, stets in hellem Grau gekleideten Monsieur Khimère Lefuet gelernt, mit dem ersten Anschein zufrieden geben. Zunächst schien mich die Bekanntschaft mit ihm aus einer höchst misslichen Lage, nämlich der Arbeitslosigkeit zu befreien. Ich wurde zu einem Mitarbeiter seiner Firma, die, nahe meiner Wohnung, ebenfalls auf der anderen Seite des Rheins beheimatet war. Nah an der Grenze, denn ein Grenzgänger war ich seit einiger Zeit. Man kann durchaus behaupten, dass mich darin mittlerweile eine gewisse Routine im Umgang mit dem steten Überschreiten von Grenzen auszeichnete. Nun zahlte sich das aus.

Zudem entriss mich die Arbeit meinen trüben Gedanken um Hannah, meiner wohl endgültig verlorenen Liebe, so dass ich diesem frischen, vermeintlichen neuen Anfang bei Monsieur Lefuet schon beinahe gerne ins Auge blickte. Nur - allzu gut gefiel mir bereits nach kurzer Zeit nicht mehr, was ich da sah. Meine Schlaflosigkeit schwoll an, quoll auf, wuchs weiter an, das qualvolle Liegen, durchbrochen nur vom steten Umherwandeln in meinem Zimmer, zermürbte mich.

Häufiger als sonst hörte ich die Stimme des alten Pfarrers, und immer wieder musste ich mich der Tatsache versichern, dass der Mond noch immer nicht rot war, und dass die Sterne noch am Himmel standen. Indes, beruhigen konnte es mich keineswegs. Zwar sah ich ihn, den Mond. Weiß und rund oder weißlich-gelb und weniger rund.

Die Sterne, auch sie sah ich, zumindest in einigen der Nächte, wenn die sonstigen Verhältnisse es zuließen und die Wolken oder die Helligkeit der nächtlichen Stadt den Blick auf die Sterne nicht zu verhindern vermochte.

Und doch, obgleich ich es sah, erschien es mir nicht real zu sein.

Wie konnte der Mond denn noch nicht rot sein? Wie war das möglich? Wie war das denn möglich in Anbetracht dessen, wer Lefuet wirklich war? Der Monsieur, um es kurz zu machen, war ein Mensch, dem Skrupel gänzlich fernlagen. Über diese Dinge, über die er natürlich nicht sprach, wurde ich von einem Kollegen, Martin Pontiac, in Kenntnis gesetzt, der Lefuet noch von der gemeinsamen Schulzeit her kannte. Heute noch frage ich mich, warum Martin, und auch später ich, so besessen von Lefuet wurden. Warum er in uns wachsen konnte und sich ausbreiten und warum wir ihn in uns aufgenommen hatten wie eine der ausschweifenden Mahlzeiten, zu denen er so gerne einlud. Natürlich brachte er fast naturgegeben wohl den meisten Menschen, die jemals mit ihm zu tun hatten, Unglück.

Doch krank wurden sie nicht alle. Was war es, das mich anfällig machte und so auflöste, dass ein Kreislauf begann, bei dem sich mein Leben einmal um sich selbst drehte, und dann auf einmal nicht mehr mein Leben war?

Pontiac versuchte mich darüber aufzuklären. Vieles ergab eine Art Bild für mich.

Anderes blieb unvollständig und voller Bruchstücke, deren Ecken scharf waren wie etwas, an dem man sich verletzen konnte. Doch - war ich gar schon zuvor beschädigt worden? Wenngleich die Verbindung meiner Mutter mit meinem Vater noch vor meiner Geburt aufwändig vor Gott legitimiert wurde, so haftete ihr doch der Makel einer vorehelichen Tätigkeit in Geschlechterdingen an, welcher selbst durch die ganz außerordentlich pompöse Feierlichkeit während der von beeindruckend großen Mengen des müden, schweren Weihrauchs, der eigens (recht prätentiös wie ich später fand) aus dem fernen Damaskus angefordert worden war, sowie der von zahlreichen, facettenreichen Gesängen und langen Gebeten begleiteten Trauungszeremonie noch nicht einmal ein wenig zu verblassen vermochte, zumindest dann nicht, wenn man die unheilschwangeren Gesichter und das leichte, fast unmerklich missbilligende Kopfschütteln der Kirchen-Ältesten während der Fürbitten zugrunde legte. Nun muss ich einräumen, dass ich mich vor solcherlei Banalitäten nie habe ernsthaft ins Bockshorn jagen lassen. Zwar habe ich durchaus Respekt vor diesen Dingen, doch schlichtweg nicht allzu viel.

Auch unser Pfarrer, Cornelius von der Marwitz, hatte das mit der fast beneidenswerten und lauten Vehemenz eines wahrhaft Glaubenden stark bezweifelt, ja sogar vollends ausgeschlossen, nachdem ich ihn gründlich befragt hatte.

Doch war ich mir nicht sicher, ob eine andere, wohlmöglich eine vor meiner Geburt begangene Todsünde es war, die noch heute einen Schatten auf mein Leben warf. War meine Begegnung mit Lefuet gar einer solchen Todsünde geschuldet? Um ehrlich zu sein: So ganz konnte ich mir das im Grunde nicht vorstellen.

Es rankten sich allerdings, auch das muss wohl erwähnt werden, Gerüchte um Mael, meinen Vater, die abscheulicher Natur waren, und die ich von daher noch nicht einmal im Ansatz als wahr erachten mochte. Bestimmte Worte wie *Kollaborateur* fielen im Zusammenhang mit ihm. *Kollaborateur, Faschist* oder auch *Nazi-Helfer, Hitler-Kamerad* und *Mörder*. Je nach Gesinnung dessen, der dies aussprach, waren diese merkwürdigen Worte in große Wertschätzung oder aber gänzliche Abscheu gekleidet.

Nach einer Kneipenschlägerei, in der niemand Geringeres als der Bürgermeister selbst meinem Vater den linken Arm gebrochen und die Schulter ausgekugelt hatte, war er nicht wieder gesehen worden. Einige bedauerten dies, andere hingegen - wie der Bürgermeister höchstselbst - äußerten sich erleichtert darüber.

Auf der Photographie meines Vaters, die noch immer auf der Kommode meiner Mutter steht, glänzen seine Augen, blitzen dunkel und verwegen wie seine blank geriebenen Schuhe. Ein scheues Lächeln war zugleich auf seinem Gesicht zu erkennen und ein zackiger Seitenscheitel, mit der man wohl versucht hatte, der Wildheit seines Haares Herr zu werden. Indes - nichts deutete auf eine monströse Kreatur hin – nur die Worte, die über ihn fielen. Nun, wer allerdings kennt schon die ganzen und genauen Zusammenhänge, wer wusste wirklich um meinen Vater? Auch hier, ich gebe es zu, befiel mich der Zweifel. Jener

Zweifel, der schon damit begonnen hatte, sich meiner unwiderruflich zu bemächtigen, nachdem Lefuet in mein Leben getreten war.

Zu erkennen wer er war, glich dem Aufwachen aus einem langen Traum, der einem langen und wohl etwas zu tiefen Schlaf entsprungen war. Einem Schlaf, welcher sich zeitlich noch vor meine Schlaflosigkeit geschmiegt haben mag wie eine zärtliche, und falsche Bettgenossin.

Irgendwo habe ich diesen Satz, der mich seither verfolgte, gelesen. *Das Leben ist ein Traum. Und die Träume sind Träume.*

Und ja, nicht nur die *Anisette* des Herr Lefuet, die er oft ausschenkte, verstärkte die Annahme in mir, dass dieser Satz mehr Wahrheit in sich trug als vieles andere.

Ich bitte Sie: sehen Sie mir meine mittlerweile schwache Konzentration nach! Ich weiß wieder - es war *Pontiac*, von dem ich eigentlich zunächst berichten wollte. *Martin Pontiac*, der als Mitarbeiter in Lefuets Firma wirkte, war offenkundig mehr als ein Kollege. Er war eher so etwas wie ein ehemaliger Freund Lefuets, dessen in der Vergangenheit liegende Freundschaft noch immer den Abglanz eines wohlwollenden Lichtes auf ihn warf. Dieses schien ihn aber viel eher zu verdunkeln, denn zu erhellen. Am meisten fiel mir das stete Hängen seiner Schultern auf, auch eine Schwere in den Bewegungen, wie

sie sonst nur bei sehr alten Menschen vorzukommen pflegen. Ich weiß nicht, was vorgefallen ist, doch plötzlich war er - nun wohl gänzlich in Ungnade gefallen - von Lefuet entlassen worden. Das ging ganz außerordentlich schnell, und die ganzen kompletten Zusammenhänge habe ich, um ehrlich zu sein, nicht begriffen. Noch öfter habe ich Martin danach jedenfalls gesehen und immer wirkte er, als stünde er ganz und gar neben sich. Er riet mir, nie mehr als nur das Allernötigste mit Lefuet zu sprechen und ihn nichts über mich wissen zu lassen, wobei er seinen bedrückenden Worten mit eindrucksvollen Gesten eine zusätzliche Bedeutung verleihen wollte. Lefuet hatte wohl Pontiacs Frau Valérie gefälschte Rechnungen eines in der Stadt sehr bekannten
Escort-Dienstleisters zukommen lassen, wodurch Martins Ehe unwiderruflich zerrüttet worden war. Äußerst disparat wirkten diese seine Gesten mittlerweile, zerstreut und willkürlich. Zuletzt wirkte er krank und fast vollkommen verwirrt.
Lefuet selbst löschte bei der Arbeit alle Spuren von Pontiac, alles, was auch nur entfernt an ihn erinnerte, und sogar Betriebsfotos, auf denen er abgebildet war - zumeist mit feierlichem Ernst im Ausdruck - wurden von Lefuet geradezu eifernd ausgemerzt. Einmal erwähnte ich dennoch Martins Namen. Und dass, obwohl ich wusste

dass es mir keineswegs Sympathie einbringen würde, doch konnte ich nicht anders.

Ich nannte Pontiacs ganzen Namen, und ich legte absichtlich eine gewisse Tiefe hinein, indem ich beim Sprechen Vor- und Nachname durch eine kleine Pause bedeutsam voneinander trennte. *Martin. Pontiac.* Lefuet stellte sich unwissend.

Gerade so, als hätte er Martins Namen noch nie zuvor gehört, als sei er für ihn nicht existent und als sei ich dem Wahnsinn anheimgefallen, weil ich einen *Nicht-Existenten* erwähnte. Später habe ich das Martin genau so erzählt, doch gewundert hat es ihn keinesfalls.

Seine düstere Prophezeiung war die, dass Lefuet alles, was er über einen wusste, so lange gegen einen wenden würde, bis nichts mehr von jenem übrig wäre, und er sagte noch, dass ihm noch nie ein rachsüchtigerer Mensch begegnet sei.

Erneut spielte er auf den rätselhaften Escort-Service an, eine Institution, die mir generell von jeher ein wenig tückisch zu sein scheint, wobei man in diesem Fall offenbar zusätzlich kräftig nachgeholfen zu haben schien, und das mit Erfolg.

Die schon an Irrsinn grenzende Angst, die ich dabei in seinen Augen sah, hätte mir eigentlich eine Warnung sein sollen.

Doch zunächst dachte ich mir noch, Pontiac würde Lefuet einfach nur zu wichtig nehmen, ihn zu bedeutend machen. Einmal, als ich Martin zufällig auf dem nackten Bürgersteig kurz vor dem Eingang des *Palais Rohan* begegnete, und er einen kläglichen, ganz besonders niedergedrückten Eindruck machte, lud ich ihn auf einen *Pinot* ein.

Von seiner Familie erzählte er, davon, wie schlecht es ihm ginge, und dass er bald in eine Klinik müsste, wenn das so weiterginge, denn sein Arzt habe sich missmutig über den Zustand seines Geistes geäußert. Dann erzählte er mir mit leidender Miene von Lefuet, nahezu pausenlos, und ohne mich dabei zu beachten.

Er sah an mir vorbei und starrte in ein Nichts, das zugleich Lefuet zu sein schien.

Es war, wenn ich Martins Erzählungen zugrunde lege, recht verblüffend, wie Lefuet überhaupt in diesem Beruf gelandet war.

Ursprünglich war er, wenn ich den Worten Pontiacs Glauben schenken durfte – was ich tat - nämlich ein in der *Clinique St. Vincent de Paul* in Lyon ausgebildeter Krankenpfleger, zunächst tätig in der dortigen, durchaus renommierten *Psychiatrie Adulte* und er hatte hernach noch eine ganze Weile Psychologie, Philosophie und gar noch mehr als vier, beinahe fünf Semester Medizin studiert.

Es war, wie ich fand, recht offensichtlich, dass er sich wünschte, Macht über andere Menschen oder zumindest über sich selbst zu besitzen, auch wenn diese spekulativ wirkende Äußerung, das gebe ich unumwunden zu, zunächst einmal ein wenig sehr nach einer argen Westentaschen-Psychologie klingen mag.

Recht plausibel schien ein solcher Zusammenhang dennoch allemal zu sein.

Und es gab keinen Grund für mich Pontiacs Worte anzuzweifeln, da dessen fein geschnittenes Gesicht unwillkürlich ein sofortiges Vertrauen zu erzeugen imstande war.

Von Haus aus hatte Lefuet, mehr wohl seine Familie, einmal viel Geld und viel Einfluss besessen. Sein aus dem lothringischen Nordosten, genauer: der Stadt Sarreguemines stammender Vater mit der Trinität der Vornamen *Serge-Amias-Alexandre* war ein angesehener Chirurg, der allgemein gut beleumundet war und auch bei den Frauen überaus großen Anklang fand. Seine eigene Frau, Anouk Lefuet, eine blasse, jedoch ausnehmend schöne Konzertpianistin mit deutschen Wurzeln und leider nur mäßigem Erfolg auf der Konzertbühne, sowie sein desillusionierender Sohn, dessen wohl einzige

Auszeichnung sein exotischer Vorname war, hatten es ihm wiederum nie recht machen können. Anouks jüngere Schwester, *Clarisse Schuler* hingegen, deren musikalische Genialität in den Jahren um 1940 mit psychischer Obsession und schleichender Geisteskrankheit in Verbindung gebracht wurde, hatte seine ungeteilte Liebe und Bewunderung gefunden. Seit er die Bekanntschaft der Schwestern einmal während des gefeierten Konzerts eines berühmten deutsch-jüdischen Komponisten in Zürich machen durfte, war Clarisse auf der Stelle seine uneingeschränkte Favoritin gewesen. Schön war sie nicht, doch ihre Anmut, ihre Begabung und Unerschrockenheit machten ihm dies wett. Auch ihre gelegentlichen, bereits legendären Gefühlsausbrüche, die Eruptionen gewaltiger Vulkane zur Ehre hätten gereichen können, erschreckten ihn keineswegs.

Vielmehr inspirierten sie ihn ebenso wie ihre Angewohnheit, die Dinge beim Namen zu nennen, nichts unausgesprochen zu lassen, das ihr düster auf der Seele lag.

Und doch war es ebendiese Kombination aus Begabtheit, Genialität, Zivilcourage und leichtsinnigem Übermut, die sie im Frühsommer 1943 das Leben gekostet hatte.

So kehrte sie nach einem in Süddeutschland gegebenen Klavierkonzert in D-Moll, welchem auch hohe Vertreter der NS-Regierung und der nationalen Mozart-Liga beigewohnt hatten, nicht mehr lebend in ihre französische Heimat zurück. Serge-Amias, der noch versucht hatte, sie von diesem Vorhaben abzubringen (so war es für eine französische Künstlerin zu dieser Zeit und in diesem Land nicht ungefährlich, Konzerte zu geben – selbst wenn man gewisse Komponisten aussparte, um nicht unnötig unangenehm aufzufallen, auch dann, wenn man einen ganz und gar deutschen Nachnamen aufzuweisen hatte), war nach dem entsetzlichen Ausbleiben ihrer von ihm so leidensvoll erwarteten Rückkehr geradezu zerschmettert. Was sie gesagt oder getan haben mochte, er wusste es nicht. Doch übel genommen hatte man es ihr ganz offenbar. Persönlich suchte er nach ihr, reiste eigens in das feindliche Deutschland – vergebens.

In einem in Baden-Baden errichteten Tötungslager für psychisch Erkrankte und politische Gegner verlor sich ihre Spur.

Ausgerechnet ein junger, dunkelhaariger schlanker und hochgewachsener Franzose mit einem bretonischen Vornamen gab ihm, just dort in Baden-Baden, lässig mit dem Rücken zur Wand an eben diesem Lager lehnend noch den Rat, nicht weiter zu suchen. Es habe nämlich einfach keinen Sinn weiter zu suchen. *Keinen Sinn, tu l´as compris? Il est trop tard. Je suis désolé.*

Mael, so der Name des jungen Mannes, gab ihm die Hand wie ein Deutscher, dann verabschiedete er sich mit beinahe korrekter Höflichkeit von Serge, ohne jedoch davon abzuweichen ihn in gar zu plumper Vertraulichkeit auch noch bei der Verabschiedung zu duzen.

Was Serge noch sah, bevor er abreiste, war ein Berg von Schuhen. Er glaubte die hohen, dunkelgrau-melierten Schnürschuhe mit je drei am Schaft eingestanzten Rosen seiner Geliebten, seiner Claire, darunter zu sehen. Serge glaubte es nicht nur. Vielmehr war er sich dessen gänzlich sicher. Und gerade darum flüchtete er von diesem Ort der Un-menschlichkeit und der Abscheulichkeit.

Später heiratete Serge Amias Clarisses Schwester Anouk, welche, obgleich nicht an ihre Schwester heranreichend, sie ihn doch immerhin ein wenig an diese erinnerte.

Doch Respekt zu erwarten, ich bitte Sie, dies wäre eindeutig zuviel gewesen was man von dem vom Schicksal so geschlagenen Serge Amias Alexandre hätte erwarten können. Nach Clarisse konnte sich diesen keiner mehr bei ihm erdienen. Obgleich besonders der Sohn, also Khimère selbst, es ständig versuchte.

Anouk hatte vor Jahren damit aufgehört, wenngleich sie ab und an beinahe unmerklich, leise und nahezu verstummt wie ein uralter, trauriger Geist dann und wann in alte Muster zurückzugleiten schien.

Doch an die Bemühungen ihres Sohnes Khimère reichten die ihren nicht heran. Er bewunderte, dafür verbürgte sich Pontiac, seinen Vater anscheinend über alles und wollte für sich nichts anderes als dessen Respekt. Darin wetteiferte er ganz und gar glücklos und um Jahre zeitversetzt mit seiner Mutter. Seine Gedanken drehten sich damals offenbar um kaum etwas, das nicht eben damit zu tun gehabt hätte: den Respekt des Vaters.

Doch genau den bekam er offenbar nicht. Pontiac, der längst nicht bei nur einem Pinot geblieben war, sagte mit Nachdruck, er habe diesen Vater noch erlebt.

Und dass er kalt dahergekommen sei, so kalt, als sei schon zu Lebzeiten kein Tropfen warmen Blutes mehr in ihm gewesen. Gutaussehend sei er gewesen, das allerdings.

Pontiac behauptete gar, dass er mir ganz frappant ähnelte. Doch dies, obgleich mir in Momenten der Schmeichelei schon häufig gesagt wurde, welch erbaulichen Anblick ich mit meinem Äußeren böte, konnte ich nicht glauben. Den Rest jedoch schon. Pontiac war immerhin dabei gewesen. Immerzu ließ Khimères Vater, wenn man an der Erinnerung des Martin Pontiac nicht zweifeln mochte, seinen Sohn überaus deutlich spüren, dass er auf ihn herabsah, wegen des verkrüppelten Arms, seiner eher halbseidenen Manieren und der mehr als bescheidenen Bildungsbemühungen, derer er sich wahrlich nicht rühmen konnte. Vor allem aber wohl, weil er Anouks Sohn war – und nicht Clarisses Sohn. Am deutlichsten waren Pontiac seine Augen in Erinnerung geblieben. Als er sie mir beschrieb, war mir so, als schauten sie mir forschend nach. Pontiac konnte sie so überaus mitreißend, vivant und detailgetreu nachzeichnen, während er seinen Pinot peu à peu leerte. Überhaupt war Martin ein begabter Erzähler und schon allein deshalb empfand ich sein unvermitteltes berufliches Ausscheiden als einen nicht wieder gutzumachenden Verlust, als eine weitere Abscheulichkeit und boshafte Willkür Lefuets. Doch erneut schweife ich ab.

Serge-Amias' Augen waren also von einem scharfen, unheimlichen und hellen Blau, deren auffälliger Manganton die Pupille, welche zumeist nicht wesentlich größer als eine Stecknadel war und die nichtsdestotrotz pedantisch-eifernd Räume wie Menschen zu gleichen Teilen abzutasten pflegte, deutlich hervorhob.

Khimères Großvater Monsieur Abdelkader-Lois Lefuet wiederum (auf diesen recht ungewöhnlichen Namen war er angeblich zeitlebens ganz außerordentlich stolz, verwies dieser doch subtil und dennoch hinreichend auf die sogenannte *Wiege der Mathematik),* ein ehemaliger Bankdirektor und Börsenspekulant, war zu solch großem Vermögen gekommen, dass er nur noch als Privatier und

Kunstgönner durch die Städte Frankreichs und auch ganz Europas bis hin nach Nordafrika zog.

Die Familie war in der gesamten Umgebung bekannt und auch durchaus angesehen.

Kurz vor seinem sechzehnten Geburtstag im November passierte dann etwas Schreckliches: Der Enkel des Abdelkader-Lois Lefuet und Sohn des Serge-Amias-Alexandre Lefuet, also der noch junge Khimère Lefuet höchst selbst, wurde, so hatte es zumindest den Anschein, *en passant* auf dem Nachhauseweg entführt und der Bankdirektor sowie auch sein Sohn wurden daraufhin von zwei Unbekannten, deren unfeine Stimmen schon durch ihre grobe Beschaffenheit verrieten, dass sie zum Äußersten bereit seien, aufs Ärgste erpresst und mit allerlei Androhungen unweigerlich in die Enge getrieben. Lange ließen sie sich dennoch Zeit, um ihn freizukaufen.

Es befanden sich bereits die ersten hübschen und in warmen, rotlastigen Farben gehaltenen winterlichen Weihnachtsdekorationen in elegant geschmückten einladenden städtischen Schaufenstern und in den dazugehörenden begehbaren Passagen, als sie ihre ursprüngliche Meinung endlich dahingehend – und zu Khimères Gunsten - änderten.

Doch wohl, davon ging auch Pontiac aus, eher aus der Überlegung heraus, solch schändliche Erpressereien nicht auch noch zu unterstützen, und nicht etwa, um den jungen, schon damals recht enttäuschenden Lefuet einigermaßen elegant loszuwerden. Schließlich also gaben sie nach. Ein nicht unerheblicher Betrag, der trotz großer und durchaus geschickter Handelsbemühungen seitens Abdelkader-Lois Lefuet nicht einmal um einen Centime heruntergehandelt werden konnte, wechselte im Gegenzug zum Leben des jungen Khimère den Besitzer.

Dieses anfängliche Zögern jedoch, das Feilschen um den Preis - wie sehr musste es ihm zugesetzt haben.

Noch viele Wochen später war er nicht ansprechbar und von Anfällen tiefster Traurigkeit geplagt. Ich bin mir nicht sicher, doch könnte es durchaus sein, dass sein Hass auf die Welt hier seinen entscheidenden Anfang nahm. Gewundert zumindest hätte es mich nicht.

Auch für Vater und Großvater war dies offenbar ein Wendepunkt, von dem aus das Elend nun ungehemmt seinen Lauf nehmen konnte.

Als der junge Lefuet gerade im letzten Schuljahr war, hatte sich sein Vater nach einer akuten psychischen Erkrankung ohne lange zu fackeln (wie er es selbst oft zu nennen pflegte, wenn ihm selbst etwas zu lästig wurde, und es daher der recht umgehenden Änderung eines bestimmten Zustandes bedurfte), also *sans perdre de temps* an einem der langen verregneten und gänzlich tristen Sonntage in der geschlossenen Abteilung der Psychiatrie - mit einigem Geschick und beachtlichem Erfindungsreichtum - das Leben genommen. Seine Schuhe hatten dabei, soviel sei erwähnt, eine tragende Rolle gespielt. Aufgrund dessen mussten sogar neue Gesetze zur Sicherheit der Verwahrten erlassen werden, eines davon erhielt seinen Namen und ging als *Lex Lefuet* in die Verordnungen des Landes ein. Seine Mutter war nicht einmal drei Wochen später ebenfalls gestorben, an einem schon fast belei-digend trivialen Lungenödem, hieß es, doch gab es auch recht glaubhaft geäußerte Vermutungen die besagten, dass sie sich selbst mit dem berüchtigten *Ricinus communis* vergiftet haben soll, das damals bezüglich solcher Belange durchaus ein wenig *à la Mode* war, um ihrem Mann nachzufolgen. Anouks apathisches Gebaren direkt nach seinem Tod und ihr schon seit geraumer Zeit geäußertes, höchst verdächtiges Interesse für allerlei Giftstoffe sowie für die amtlich beurkundete Lebensgeschichte eines deutschen Burg-fräuleins, welches *ebenso* einst in der Rhein-Gegend aus dem Leben geschieden war, stützte diese Spekulation ganz vortrefflich, und gaben Anouks Blässe immerhin posthum eine gewisse Kontrasthaftigkeit zurück.

Der Großvater, mittlerweile nach einer massiven und bitterlich beschämenden Fehlspekulation an der Börse (so hatte er die recht deutlichen Zeichen, welche auf baldig anstehende, gleichsam unabwendbare wie umwälzende und grundlegende Änderungen in der Energiegewinnung hinwiesen, nicht rechtzeitig wahrgenommen) nun überraschend insolvent, hatte Khimère die gesamte Schuld an der Erkrankung des Vaters, und letztlich auch die an seinem damit verbundenen frühen Tod sowie am, nach seinem Geschmack ebenfalls etwas unrühmlichen, wenn nicht gar gänzlich unschicklichen Ableben der Mutter, gegeben.

Abdelkader selbst lebte nach diesen nicht mehr zurücknehmbaren Worten noch viele Jahre und erreichte, vermutlich allein schon aus Boshaftigkeit, ein unnatürlich hohes Alter.

Der junge Lefuet selbst war anscheinend nie darüber hinweggekommen und es war offensichtlich, dass er eher ungute Wege wählte, um seiner Trauer zu begegnen.

Zumindest konnte man nicht umhin, diese als *wenigstens ungut* zu bezeichnen. Über seine Zeit als Pfleger in der Psychiatrie gab es nämlich ganz bemerkenswert beklagenswerte und deprimierende Gerüchte. Monsieur Lefuet Junior soll den Patienten dort, um es kurz zu machen, ausgesprochen übel mitgespielt haben.

Bald war er bekannter als das derzeit nach seinem Vater benannte *Lex Lefuet* und so gefürchtet, dass einige der

Insassen die Körperpflege sowie jede Nahrungs- und Flüssigkeitsaufnahme strikt verweigert haben sollen, wenn er Dienst hatte. Die Klinikleitung hatte ihm nach einem besonders drastischen Vorfall empört nahegelegt, seine Arbeit sofort zu quittieren. Man hatte mit Maßnahmen gedroht, doch dies wurde dann doch nicht weiter verfolgt. Pontiac hielt kurz inne, bevor er weitersprach. Deutlich war ihm das Ringen um Fassung anzumerken. Schließlich hatte sich Khimère kurzerhand *et sans s'arrêter* an einer Pariser Universität eingeschrieben, einige Zeit Psychologie und Medizin studiert, und dabei hatte er auch gleich seine zukünftige Frau, die zarte, damals noch fröhliche und überaus musische Clara-Aurelia (zumeist nur *Claire* genannt) Mierecourt kennengelernt, auf die ursprünglich der Sohn des Universitätsdekans höchst selbst ein Auge geworfen hatte. Da Khimère wohl das Durchhaltevermögen zum Abschluss seines Studiums fehlte, er aber über eine große Portion des flüchtigen Charmes verfügte, an dem Frauen Gefallen zu finden pflegten, hatte er sich kurzerhand in den Betrieb seines Schwiegervaters, des recht ehrenwerten und sehr wohlhabenden Monsieur Leonard Antoine Mierecourt eingeheiratet.

Von dessen Geschäft verstand er zwar nicht viel, doch konnte er mit List und Gaunerei in den meisten Fällen vortrefflich davon ablenken. Diese Ehe gab ihm nun das zurück, was er von seinem früheren Lebensstil her gewohnt war. Allerdings hielt er, was die beklagenswerte Claire betraf, die Maske des Charmes nicht lange aufrecht. Nach der unschönen Trennung von seiner Frau fiel Lefuet der Betrieb, der in ganz Frankreich seine geschäftlichen Ableger hatte, auch hier, in Straßburg, dennoch zu. Daraufhin wucherte er ganz ungehemmt vor sich hin, wuchs und breitete sich auf die andere Seite des Rheins, bis nach Deutschland, aus. Auch dies ging nicht mit rechten Dingen zu. Pontiac wurde geradezu weinrot vor Wut, als er mir das erzählte. Der Pinot und er wurden zu einer farblichen Einheit die mich in Anbetracht seiner ohnehin angeschlagenen Gesundheit doch etwas besorgt stimmte. Lediglich das heftige Inhalieren einer mit Menthol angereicherten Filterzigarette hinderte ihn offenbar sehr knapp daran, gänzlich die Beherrschung zu verlieren. Insgeheim spürte ich eine Erleichterung darüber, dass ich mich für etwas anderes als den Pinot entschieden hatte. An diesem Tag, ich weiß nicht warum, stand mir der Sinn nach einem *Cap Royal* und diesen ließ ich mir, all den degoutanten Erzählungen zum Trotz, durchaus schmecken. Lefuets Frau Claire, die zwischenzeitlich, nach mehreren schweren Nervenzusammenbrüchen, zur nahezu hoffnungslosen, blick- und stimmlosen

Dauerpatientin in zahlreichen psychiatrischen Einrichtungen rechts und links des Rheins geworden war, versuchte sich noch, ihm in den Weg zu stellen.

Doch ohne Erfolg. *„Wer achtet denn schon auf eine die Einwände einer Patientin?",* hörte ich Pontiac sich selbst fragen, gefolgt von einer rhetorischen Pause. Eine Antwort gab es auf diese Frage, wie selbstverständlich zu erwarten gewesen war, nicht. Bereits zu diesem Zeitpunkt war Lefuet offenbar raffiniert genug gewesen, nicht nur seiner ehemaligen Frau, sondern auch seinem früheren Schwiegervater, Monsieur Leonard Mierecourt persönlich, den gesamten, durchaus repräsentativen Familienbetrieb schlichtweg - anders ist es kaum auszudrücken – abzugaunern. Hier endete Pontiacs Erzählung. Ich winkte den Kellner heran, da Pontiac selbst zu erschöpft schien, dies zu tun und auch mich selbst eine gewisse Ermüdung befallen hatte.

So bat ich sehr höflich um die Rechnung.

Die *Pinots* wurden seltsamerweise nicht aufgeführt, was mich wunderte; doch Pontiac, der weitaus Schlimmeres gewohnt war, schien solch eine Lappalie nicht zu beeindrucken.

Er verabschiedete sich mit matten Augen von mir, während ich noch darüber nachdachte ob ich dem Kellner melden sollte, dass ich ganz eindeutig und offensichtlich zu wenig bezahlt hatte. Als wüsste Pontiac, woran ich gerade dachte, zwinkerte er mir, nun wieder etwas wacher, verschwörerisch zu und schüttelte dabei fast unmerklich den Kopf um anzudeuten, dass er selbst dies keinesfalls tun würde. Denn, wann schon schenkt einem das Leben einmal etwas? *Presque jamais, n´est-ce que pas?* Abschließend noch zog er, mit der Andeutung eines Lächelns den linken Arm in die Höhe, wohl um Lefuet zu karikieren. Ich bezahlte den Cap Royal mit besonders großzügigem Trinkgeld und einem ausgesucht wohlwollendem Lächeln, welches freilich die *Pinots* nicht zu vergüten im Stande war, mittlerweile gedanklich ganz und gar wieder bei Lefuet angelangt, was ich schließlich mit einem ärgerlichen, doch sinnlosem Abwinken letztlich Pontiacs langen Erzählungen anlastete.

Eine frühere Verletzung seines Arms hatte aus Lefuets Hand ein verletztes, verkrümmtes Etwas gebildet, die ihm äußerlich etwas rührend Hilfloses verlieh. Jedoch: Diese Hilflosigkeit täuschte sehr.

Etwas brütend Unheimliches ging von diesem Mann aus. Eine Art böse und unheilvolle Aura. Er selbst hat all das einmal auf die Tatsache geschoben, dass sein Arm verkrüppelt sei und dass Menschen seit je her angewidert und voller Abscheu auf sämtliche Schwächen herabschauen würden. *C´était tout comme ça seulement et très probablement à cause de la condition humaine.* Daher, so hatte er verlauten lassen, durch diese kleine und böse Laune der Natur, diese winzige Andersartigkeit und Abweichung von der Norm, habe man schon immer erschütternd schlecht über ihn geredet und nebenher allerlei absurde Gerüchte über ihn in die Welt gesetzt. In der Schule habe man ihn oft und gerne gehänselt, gedemütigt und häufig sogar tätlich angegriffen. Vor rein gar nichts habe man zu dieser Zeit zurückgeschreckt, gestand er mir mit einem tiefen, lang anhaltenden Seufzen. Allein dieses Seufzen, zitternd wie die Ausläufer großer Wellen, beeindruckte mich durchaus.

Einmal habe ihm ein älterer Junge, *Darell Henry* aus der Oberstufe, so heftig mit seinen Schuhen zwischen die Beine getreten, dass er, wie er erst Jahre später erfuhr, nicht mehr in der Lage war, Kinder zu zeugen und den Namen seiner Ahnen angemessen weiter-zugeben.

All dies erzählte er mir mit geradezu entwaffnender Offenheit. Einmal nannte er mich den *Sohn*, den er nie hatte und wie er mich dabei ansah, vermochte er mich für einen blinden Augenblick sogar davon zu überzeugen. Das alles hatte mir zunächst zu denken gegeben. Nicht nur das. Ein jähes, dummes Mitleid für ihn hatte mich überdies überkommen, nachdem ich ihn an einem Mittwoch zufällig hinter einem Aktenrolltisch im Keller vorfand, ohne dass er mich freilich bemerkt hatte. Er sah mich nicht und wähnte sich wohl ganz allein, denn er schluchzte, lamentierte und weinte so ungehemmt und jämmerlich wie jemand, der davon ausgehen muss, gänzlich ungestört zu sein.

Verstehen kann ich es selbst nicht und dennoch tat er mir leid, und das wiederum ließ mich alles entschuldigen was er tat, es hielt mich auf eine Art gefangen. Mittlerweile halte ich es und das, wofür es steht, für eine weitere List Khimères.

Zu sehr glich es den sonst von ihm geschmiedeten Ränken. *Rien plus qu'un trucage.*

Obgleich es auch zugleich darauf verwies, wie sehr Lefuet die Menschen hasste. Dafür, wie sie ihn sahen, ihn ansahen mit diesem kleinen, welken Arm, der sich all seinen Befehlen entzog.

Eine List war es gleichwohl, um Menschen durch Mitleid und den abgründigen Appell an ihr schlechtes Gewissen mürbe zu kochen und ihren Verstand gänzlich zu benebeln. Bei Lefuet wusste man nie, was real war und was nicht. Die Grenzen zwischen Fiktion und Realität, Lüge und Wahrheit wurden von ihm meisterhaft verkörpert. Und er vermochte es, Menschen damit in Zweifel zu stürzen. In die Zweifel, ob ihre eigene Wahrnehmung überhaupt die Richtige sei.

Dubito ergo sum. Angeblich soll dies die eigentliche Aussage Descartes gewesen sein. Nicht *cogito* – nein, vielmehr *dubito*. Doch kann ich mich dem nicht anschließen. Im Gegenteil. Der Zweifel stiftet keine Identität. Wie könnte er? Überdies zerstörte er alles.
Selbst wenn das bedeutete, dass er sich am Ende selbst zerstören würde. Der Zweifel und Lefuet.
Er zerstörte willkürlich Gebäude durch Brandstiftung, Menschen und deren Gewissen zerschmetterte er durch Korruption, Bestechung, Lügen sowie durch allerlei seelische und körperliche Grausamkeiten.
Monsieur Lefuet schreckte noch nicht einmal davor zurück, Menschen gezielt außer Gefecht zu setzen und ich glaube fest, dass er sich tatsächlich berechtigt, ja geradezu dazu genötigt sah, dies zu tun. Mit dem erschlichenen Versicherungsgeld aus Brandstiftungen malte er sich einen riesigen Gewinn aus, mit dem er sich eine ganz besondere Villa in *Baden-Baden* kaufen wollte, eine der mondänsten, in der noch jüngst ein international bekannter und gefeierter Charmeur samt Entourage persönlich und regelmäßig ein und ausgegangen sein soll. Teil dieser Begleiter war, doch dies galt als gut gehütetes Geheimnis, ein einst auf berüchtigte Art bekannter, nun greiser NS-Verbrecher, dem es gelungen war unter anderem Namen in Baden-Baden ein mehr als ange-

nehmes Leben zu führen. Lefuet, dessen Vorbild dieser Unsägliche war, hielt diese Villa wohl schon von daher für einen geweihten Ort. In den Tagen nach dem Brand war er von einer Art Vorfreude darauf ergriffen, die er recht voreilig mit einigen Gläsern seines exklusivsten Champagners feierte. 396 Millionen Francs Schaden waren damals entstanden. Lefuet wurde niemals zur Rechenschaft gezogen.

Ich weiß nicht, woran das lag. Andererseits hatte er ganz besonders gut gepflegte Kontakte zu allerlei bekannten Ärzten, Juristen, leitenden Bankangestellten und zu deren skrupellosen Vorgesetzten, Geschäftsmännern und selbsternannten „*Größen*" aus dem nunmehr international agierenden Rotlichtmilieu in der Gegend, die in der Tat nicht zu den wahren Säulen einer Gesellschaft gezählt werden konnten. Sogar einige der Lokalmatadore von der Sorte, die man selbst nicht gerne zum Feind haben möchte, waren darunter. Diese penibel ausgesuchten und so „guten" Kontakte, „*naturellement seulement de contacts propres*"; gingen überwiegend auf schnöde Erpressungen und auf allerlei bizarre Spielarten von Bestechungen zurück. Es gab Clubs, in denen er sich mit ihnen traf, und in denen er - nennen wir es einfach allerlei höchst kompromittierendes Material - über sie sammeln und katalogisieren konnte. Lefuet hatte gegen viele Menschen etwas in der Hand. „*Wissen ist Macht*" war einer seiner Lieblingsaussprüche, der Spruch mit dem Geld, „*L´argent dirige le monde*", ein anderer.

Er selbst war ja geschieden, hatte keine Familie mehr und auch kein besonderes Ansehen.

Daher, das war sein Vorteil, war er nicht leicht erpressbar. Er hatte also scheinbar nicht viel zu verlieren.

So sammelte er gierig jede Information und wendete sie dann, im jeweils entscheidenden Augenblick an, um seinen Willen durchzusetzen, gerade so als sei die Welt sein persönliches Schachbrett.

Doch ob das dafür verantwortlich ist, dass er nie verurteilt wurde, kann ich nicht sagen. Auch habe ich ihn, das räume ich ohne Umstände ein, nicht persönlich dabei gesehen, wie er das Feuer gelegt hat, noch habe ich mitbekommen, wie oder wen er hierfür beauftragt haben könnte. Dennoch. Alles sprach so überaus deutlich gegen ihn. Nach dieser Sache verschlechterte sich unser ohnehin bereits sehr angeschlagenes Verhältnis noch weiter. An einen Moment erinnere ich mich besonders: Ich sah Lefuet nur an. Mein Blick sagte ihm das, was mein Mund nicht wagte auszusprechen: „*Ich durch-schaue Sie, Monsieur!*"

Innerlich wusste ich, dass ich einmal Anzeige gegen ihn erstatten würde. Irgendwann, wenn er nicht mehr mit mir rechnete, da er auf das Vergessen der Welt gesetzt hatte.

Indes - in seinen Augen sah ich, dass ich allein schon durch meinen Blick zu weit gegangen war. Ihn zu entschärfen, meinen Blick, das gelang weder mir noch ihm. Also sammelte er, wie gewohnt, weiter jede Information und wendete sie dann, mit der Präzision eines Krokodils im entscheidenden Augenblick gegen mich an, um seinen Willen durchzusetzen.

In unserer Gesellschaft neigt man dazu, nicht auf seinen Instinkt zu hören. Dieses Unwohlsein – es wäre durchaus ein guter Indikator gewesen, mein Instinkt die sicherlich beste Warnung an mich. Jedoch – ich blieb.

Dabei fühle ich oft Dinge, die anderen entgehen. Ich kann mit beinahe spielerischer Sicherheit die Stimmung in einem Raum erkennen. Man könnte mich durchaus als eine Art Seismographen einsetzen.

Manchmal merke ich sogar, ob an einem Ort jemals etwas wahrlich Schlimmes vorgefallen ist.

Alte Stadthäuser habe ich aus diesem Grund oft gemieden, ebenso alte Parkanlagen, Stadtwinkel und Friedhöfe. Und selbst in Kirchen schlägt mir ab und an der jähe Schmerz der Menschen entgegen die hier bereits vor langer Zeit ihrem Gott all das Leid ihres gesamten Lebens geklagt hatten.

Ich habe das vor anderen, und vor mir selbst, lange verleugnet, viel zu lange.

Wenn man so gegen sich selbst lebt, dann muss man wohl krank werden – oder doch zumindest einigermaßen geschwächt.

In welcher Form auch immer. Doch in dieser Situation konnte ich das damals noch nicht erkennen.

Wenn ich, rückblickend, daraus etwas gelernt habe dann, dass, das man besser tunlichst auf seine innere Stimme hören sollte. Sie ist zumeist um einiges tiefer, weiser als die rein angelernten Konventionen.

In der unmittelbaren, beunruhigenden Nähe dieses Khimère Lefuet, der mein neuer Arbeitgeber geworden war und dessen unermessliche Skrupellosigkeit, gepaart mit der Tatsache, dass er hierfür niemals zur Rechenschaft gezogen wurde und durchkam mit all seinen Verbrechen, mich das Vertrauen in die Welt verlieren ließ, hätte ich auf diese Stimme hören sollen. Nun war es freilich zu spät. Meine Zweifel breiteten sich aus. Und ich habe gelernt, dass auch die kleinen Dinge nicht mehr stimmen, wenn die „*großen*" aus den Fugen geraten sind. Innerlich wusste ich, was zu tun war. Doch konnte ich mich nicht mehr bewegen, fest saß ich in einem imaginären Spinnennetz, das aus Zweifeln und Boshaftigkeiten gesponnen worden war.

Und so erreichte ich nicht, was ich hätte erreichen sollen. Um es abzukürzen: Ich schaffte es nicht einfach, alles hinter mir zu lassen und aufzugeben, meine Arbeit bei ihm *directement et sans hésister* zu beenden.

Es war fast so, als würde ein Teil von mir darauf warten, dass Lefuet sich auch nur ein einziges Mal konsequent von einer wenigstens im Ansatz anständigen Seite zeigen würde. Das hätte meine beinahe vollständige Lähmung vielleicht noch unterbrechen können – für den entscheidenden Moment, den ich zur Flucht gebraucht hätte. Er tat es nicht, und es lag mir nicht, Verbindungen zu kappen, Dinge zu lösen. Aus Harmoniesucht, aus einer gewissen Feigheit heraus, oder möglicherweise aus einer Mischung dieser beiden wenig löblichen Anteile.

Also blieb zunächst alles so. Es wurde jedoch alles zunehmend drückender und lähmender, mein Kopf vollkommen taub und benebelt von Lefuet, von seinen Machenschaften und auch von seinem franco-kanadischen Herrenparfüm, *Élite*, dessen moschuslastige Note mir die schiere Übelkeit in den Körper trieb. Lefuet ließ es sich von weit her aus Übersee liefern; offenbar lag ihm etwas an dieser Aufdringlichkeit, die sich so trefflich mit seinem eigenen Wesen verband.

Ich war nicht der einzige, dem das unangenehm auffiel, einige nannten ihn das *Stinktier* oder, pathetischer, den *„großen Gestank"*. Ein Gedicht schrieb ich über ihn. Ein Gedicht, das sich nicht reimte. Das passte zu ihm.

Der Maître Chanteur, der Erpresser, das war er.

Ich nannte es „*Manica rubida*".
Der Maître Chanteur, tanzen darf er, auf dem
Gras der Gräber - ab und zu singend auch,
Wenn es beliebt.
Ihm zum Schutze jedoch dann immer,
Wenn die kleinen Tiere einmal nicht zugegen
Deren Dasein uns zuweilen alles nimmt und gibt.
Diese, deren hohle Bisse so schmerzen
Jene welche sich mit strengen Zangen von innen
Durch die Köpfe derer bohren
An denen die
Nacht zerschellte- faulsaftig, wie ein viel zu dunkler
Leib, die in sich sterbende,
hoffnungsgare Frucht.
Ihr böses Bersten ließ Bedauernswerte nur zurück.
Der Maître, auch er einer jetzt von ihnen.
Blass, ewig schlaflos mit Füßen, wund wie der Morgen,
Zerriebenes Gras, düster, flüsternd von zerronnener
Nacht, von heiser lauernd´ Tage schmerzend
Unter den müden Ankeln wie eine namenlose Furcht.
Wohin nur, sag?
Ameisen, unverbessert unvermittelt.
Zurückgekehrte
Weisen boshaft ihm den Weg.

Doch nicht einmal mein Gedicht, dieses, was schon alles über ihn und über mich wusste und auch nicht dieser große Gestank konnte mich vertreiben.

Heute würde man das wohl, auch in der Erziehung, ein klein wenig anders sehen, vielleicht sogar bei mir zuhause. Zu meiner Zeit war es hingegen undenkbar, einfach ein Unding, die, wie man sagte, *Flinte ins Korn zu werfen - on ne jete jamais le manche après la cognée - jamais!*

Mein Großvater, der im Krieg barfuß durch den Schnee gelaufen war, hätte das nicht gewagt.

Und *Mael*, mein Vater? Wer er gewesen war – so genau mochte ich es nicht wissen.

Etwas war nicht so ganz stimmig, was ihn betraf.

Der Großvater hingegen war meine stete, meine treue Orientierung. Wenig Worte hat er im Lauf seines Lebens gemacht, doch dagewesen ist er immer.
Immer.

Auf wen sollte ich mich verlassen wenn nicht auf ihn?

Also tat ich es auch nicht, das mit der Flinte.

Ich hätte es nicht über mich gebracht.

Das gelang mir erst an dem einen, an dem besonderen Tag.

Kapitel 2 - Das Gift der Vergeltung

Als der Tag kam, wirkte dieser wie eine Befreiung aus langer innerer Gefangenschaft.

Es war der Tag direkt nach dem durch einen kirchlichen Feiertag verlängerten Wochenende, an dem Monsieur Lefuet persönlich, ohne besonderen Anlauf zu nehmen, meine Arbeit bei ihm infrage stellte, als er mich vor anderen aufs Äußerste beleidigte, beschimpfte und bedrohte - wohl um selbst wieder etwas besser dazustehen, hatte er die Geschäfte doch seit dem gescheiterten Vorhaben mit Baden-Baden schleifen lassen.

Als er schließlich lautstark und mit dem gesunden Arm wild und obszön gestikulierend mir unverzügliche Entlassung in Aussicht stellte, da passierte es.

Aus der Taubheit meiner Lähmung brach nun die lang ersehnte Wut und Kraft hervor, die ich brauchte, um endlich diese so elende Verbindung, welche einer schleichenden Vergiftung glich, zu beenden.

Plötzlich wusste ich, was ich zu tun hatte. Noch am selben Tag warf ich ihm, nicht ohne einen gewissen Geschmack von Triumph zu spüren, meine bezeichnenderweise etwas grünspanigen Schlüssel in den Briefkasten der Firma.

Es war einerseits eine durchaus symbolische und gleichzeitig doch eine schlichte und eindeutige Geste.

Ich hatte mich damit der Möglichkeit entledigt mich in seiner Nähe aufhalten zu müssen.

Das war das einzig Wahre, das Richtige, und ich hätte es schon weitaus früher tun sollen, wenngleich ich einräume, dass diese Dinge häufig näher beisammen liegen als einem lieb sein kann.

Es tat, das räume ich unumwunden ein, ganz außerordentlich gut und nicht ohne von Euphorie durchmischten Stolz ließ ich den Augenblick immer wieder aufs Neue an mir vorbeiziehen.

Wenn ich doch nur schon weit früher so gehandelt hätte, als allein die Vorstellung davon noch so unendlich von dieser Tat entfernt zu sein schien.

Das metallische, klackende Geräusch, mit welchem der marode Schlüssel am Boden des Briefkastens landete, so dumpf und scheppernd zugleich, glich dem Geräusch, mit dem mir selbst ein böses Etwas vom Herzen zu fallen schien. Endlich, endlich, hatte ich gehandelt. Doch blieb diese Tat nicht unbeantwortet. Seinen Brief, in dem er meinen Schlüsselwurf kommentierte, fand ich nur wenige Tage, fünf waren es wohl. nach dieser inneren Befreiung in meinem Briefkasten vor.

Genauer, den Brief seines Anwalts, eines in der Gegend auf ungute Weise bekannten Winkeladvokaten.

Durch meine Kündigung, eingeleitet durch den Schlüsseleinwurf, verklagte mich Lefuet auf einen atemberaubend hohen Betrag. Schadensersatz nannte er das einfach nur mit der lächerlichen Grobheit, die der klaren deutschen Sprache zuweilen eigen ist. *Schadensersatz*.

Womit hätte er den Schaden, den er anderen zugefügt hatte, sühnen wollen?

Der Zweifel hatte sich längst auf mich gelegt und hatte das Leben zu etwas gemacht, das brüchig geworden war.

Mit was hätte er diesen Bruch wieder kitten können? Doch das hätte er ohnehin nicht angestrebt.

Ich wusste damals noch nicht, dass er plante, diese Brüchigkeit für sich zu nutzen, um aus den kleinen Rissen einen einzigen großen Scherbenhaufen zu erschaffen.

Ja, zu *erschaffen*. Lefuet hatte den Spieß, wie das seine Art war, herumgedreht und die Spitze auf mich gerichtet: Ich sollte ihm nun Geld bezahlen, nicht anders herum.

Er schreckte, wie gewöhnlich, vor nichts zurück. Es war unfassbar, unglaublich, grotesk, mit was mir dieser *Anwalt* drohte. Mit Recht oder auch nur rechten Dingen konnte das unmöglich etwas zu tun haben.

Der Gerichtstermin stand bereits fest und ich wusste, dass ich mich verteidigen würde mit dem, was mir noch an Mut und an Kraft geblieben war.

Vielleicht mag es unverständlich erscheinen, dass ein junger, vitaler und kräftiger Mann, wie ich es war, vom reinen *Zusammentreffen* mit einem in Zynismus abgebrühten Gesetzlosen so aus seiner inneren Bahn geworfen werden konnte. Doch war es so, ich versichere es Ihnen.

Der Gesetzlose stellte alle Gesetze infrage, zwang sie auf den Kopf, drehte und verbog sie.

Gerade so, als wäre er selbst ein schleichendes Gift, das alles Gesunde zu verdrängen und zu verdrehen suchte, zerstörte er durch die Monstrosität seiner Gegenwart meinen Glauben an die Welt und mein Vertrauen. Vielen anderen Menschen ist dieser Khimère Lefuet begegnet. Zahlreichen anderen hat er ebenfalls die Welt zerstört. Doch nicht jedem auf die gleiche Weise. Wer noch nie an einen vergleichbaren Menschen geraten ist, wird das wohl kaum verstehen können.

Auch die Art, wie sich so jemand in einen einschleichen kann, einen so langsam zersetzen kann, wird sich der Erfahrung vieler entziehen. Doch es gibt sie, die Menschen, welche eine lange Liste jener Abscheulichkeiten aufzuweisen haben, mit denen fast notwendigerweise die Schicksale zahlreicher Menschen verknüpft sind. Manche von ihnen haben Glück. Sie treffen hinterher noch auf andere, gute Menschen und

Gelegenheiten, die ihnen die große Chance eröffnen, dieses verlorene Vertrauen wiederzufinden.

Manchmal sofort, dann wieder mit einer zeitlichen Verzögerung.

Ich ordne mich selbst bei den Menschen ein, denen das nach zeitlicher Verzögerung gelang – nach einer langen, langen Verzögerung.

Mich selbst ordne ich dabei jedoch noch nicht einmal als eine besondere Ausnahme ein. Viele andere, auch gesunde, junge und relativ intelligente Menschen, wie ich einer war, brechen unter solchen Umständen zusammen.

Wie viele werden zu Trinkern, zu Süchtigen und wie viele begehen aus dem Gefühl der Ausweglosigkeit heraus Suizid. Und auch wenn man sich wohl sagen könnte: *„Warum haben sie das denn getan, es war doch „nur" eine Arbeitsstelle, eine Gelegenheit Geld zu verdienen und nicht mehr, nicht wahr?"*, muss ich antworten: Es war mehr als das. Weitaus mehr.

Es war der Verlust des Glaubens an eine Welt, die nun nicht mehr tragbar zu sein schien. Die Welt war auf den Kopf gestellt.

Was in der Zwischenzeit mit mir geschah, meine ganze Geschichte, die möchte ich nun gerne erzählen.

Anknüpfen möchte ich dabei an den Brief des Anwalts, der nun die Gerichtsverhandlung nach sich zog und damit unweigerlich die Wiederbegegnung mit Monsieur Lefuet – eine Verknüpfung, auf die ich gerne verzichtet hätte. Sie wurde mir zu einem weiteren Verhängnis - mit allem was sie mit sich brachte. Er wurde vom Richter befragt, spuckte sein Gift, seine Galle und seine boshaften Unwahrheiten routiniert hinaus.

Ich selbst fühlte nichts außer der Notwendigkeit, dem Richter den wahren Zusammenhang und Sachverhalt mitzuteilen, was ich auch ausführlich tat, um nichts außer Acht zu lassen. Dann, dies ließ mich erstarren, nannte Lefuet den Namen meines Vaters. *Mael. Mael Lemaign. Bretone, Kollaborateur, Kriegsverbrecher.* Mörder seiner Tante *Clarisse Schuler. Mörder.* Lange habe er nach dessen Sohn gesucht. Sehr lange. Sein Anwalt winkte ab, als gälte es etwas Störendes zu vertreiben.

So etwas gehöre nicht hier her – irgendetwas in der Richtung war es wohl, was er ihm zuflüsterte – und Lefuet schwieg.

Der Richter schloss die Verhandlung schließlich mit der ungeduldigen Feststellung, dass er nicht wüsste, wem er denn nun glauben solle. Die Verhandlung verlief also ergebnislos und Lefuets Gesicht verfolgte mich noch beim Verlassen des Gebäudes. Obgleich ich ihn ja bereits hinreichend kannte, erschütterte mich seine komplette, seine kalte Skrupellosigkeit aufs Neue und bis ins Innerste.

Meinen Vater hatte er gerade öffentlich einen Kriegsverbrecher genannt. Was wusste er über ihn? Was wusste Lefuet? Hatte er *mich*, als Sohn von Mael Lemaign etwa bewusst gesucht? Clarisse Schuler. Pontiacs Erzählung fiel mir ein. Mael, der junge Bretone im Baden-Badener Todeslager. Doch das war doch nur ein Name.

Ein Zufall. Niemals konnte es sich bei diesem Mann um meinen Vater handeln. Wer, außer Lefuet konnte so etwas denn ernsthaft glauben?

Mein Atem beschleunigte sich, wurde zu einem eher kläglichen Keuchen. War die Begegnung vor dem Münster tatsächlich keine zufällige gewesen? Lefuet grinste Für eine Sekunde grinste er in meine Richtung. Mir wurde kalt. Was konnte man einer solchen Person denn entgegensetzen? Konnte man so einem überhaupt ernsthaft tatsächlich etwas entgegensetzen? In meinem Leben habe ich die merkwürdigsten und unterschiedlichsten Menschen kennengelernt, einige, die Verbrechen begangen hatten, auch schwerwiegende.

Doch ebenso schwer wie ihre jeweiligen Verbrechen lag seitdem die Last ihres Gewissens auf ihnen.

Nicht jedoch auf Lefuet. Es gab nichts, was darauf auch nur im Entferntesten hätte schließen lassen. So wurde er für mich zu einer Art Inkarnation des Bösen, zu einem nahezu unlösbaren Mysterium der reinen Niedertracht.

Vielleicht würde nach seinem Ableben ja mal ein Gehirnforscher Lefuets Gehirn in viele kleine Scheiben schneiden, um den Sitz dessen zu finden, was ich die vollkommene Abwesenheit von Gewissen nenne.

Andererseits halte ich das für unwahrscheinlich, denn es würde voraussetzen, dass er dann letztlich doch noch aufgeflogen oder aufgedeckt worden wäre.

Die Kalten, die irgendwo eben auch zerstört wurden, sind nun kalt genug, um keine heißen Spuren zu hinterlassen.

Und durch ihn hatte ich Angst bekommen. Angst vor Mael Lemaign, meinem unbekannten Vater. Wenn er nun doch…und die Gerüchte bei uns zuhause im Dorf? Lefuet hatte dies nun zustande gebracht.

Er war ein Verbrecher; brutal und sadistisch unter-brochen nur von kurzen, sentimentalen Anfällen, in deren Verlauf er sich selbst zu bedauern pflegte. Das war mir nicht neu. Ich wusste, das heißt, ich war mir einfach sicher, dass er hinter einer Brandstiftung steckte. Und dies war nur die Spitze des gerne zitierten unfassbar großen Eisbergs, eines ganz und gar deutschen Eisberges, zu dem es nicht einmal in der französischen Sprache eine Entsprechung gab, und welcher naturgemäß nur einen verschwindend kleinen Anteil dessen zeigt, was ihn tatsächlich ausmacht.

Er hatte Menschen wissentlich und hämisch in den finanziellen Ruin getrieben. Er hatte Mordanschläge auf seine Gegner angezettelt bis hin zu fingierten Unfällen und Vergiftungen mit Betäubungstropfen oder anderen, in diese Richtung wirkende Substanzen. Er hatte Detektive und grobe Schläger, denen Mitleid mehr als fremd war, auf Menschen angesetzt, um sie einzuschüchtern. Er hatte Menschen seelisch gebrochen, um seine Machtposition zu stärken, Pontiac sagte ihm gar vier, möglicherweise gar sieben Morde nach und Kriegsverbrecher, da war er sich sicher, würde Lefuet vielmehr bewundern denn anprangern. Ich musste an den greisen Nazi-Verbrecher, der in Baden-Baden untergetaucht war, denken, daran, wie sehr Lefuet zu diesem aufgeschaut hatte, und so gab ich Pontiac innerlich Recht. Doch warum hatte er meinen Vater dann überhaupt erwähnt? Nein, diese Frage war wohl zu naiv gestellt. Im Grunde beantwortete sie sich selbst. Offenbar gab es nichts, das Lefuet fremd war und das ihn hätte bremsen können. Ich wusste, dass er jegliche Opfer in Kauf nehmen würde, um seine Ziele zu erreichen, und ich wusste, dass auch ihm dies bekannt war. Ich hatte ihn erlebt, Lefuet war zu allem fähig. Seine Stimme schmerzte in meinen Ohren, sie beleidigte mich alleine schon durch ihren schnarrenden Klang.

Wie wohlklingend hatte ich sie bei unserer ersten Begegnung noch wahrgenommen – und wie verzerrt-schneidend war sie nun.

Sein Blick, mit dem er mich während der Verhandlung bedachte, glich dem eines Reptils.

Mir wurde noch kälter, beinahe hätte ich mit den Zähnen geklappert, doch setzte ich all meine Konzentration, all meine Kraft darauf, genau dies eben nicht zu tun.

Ich kannte diesen Blick bei ihm bereits. *„Es ist noch nicht vorbei"*, schien dieser Blick zu sagen. *„Du wirst noch von mir hören, und es wird dir leidtun!"* Lefuet würde sich rächen wollen.

Niemals würde er das auf sich sitzen lassen. Und ja, ich wusste, dass er mich in seinen Gedanken einfach duzte.

Vermutlich, um mich hiermit klein zu machen, um mich herabzuwürdigen. Er war es gewohnt, das letzte Wort zu behalten.

Und was hinzukam: Sicherlich wusste er wohl, dass er mich irgendwie zum Schweigen, zum Verstummen bringen, mundtot machen musste. Ich wusste, falls er tatsächlich damit zu tun hatte, von der Brandstiftung und seiner möglichen Rolle darin. Es gab die Möglichkeit, dass da jemand mit ihm im Raum saß, der an seinem Stuhl sägen konnte. Das konnte ihm durchaus gefährlich werden. Meine Informationen hätten mit Sicherheit etwas bewegt. Ganz unabhängig von all den zweifelhaften, doch sicherlich überaus nutzbringenden Kontakten, über die er verfügte.

Bei einer Zeugenaussage durch mich hätte ihn das auch nicht mehr retten können. Er wusste, dass ich mein Schweigen jederzeit brechen konnte, und dem musste er irgendwie entgegentreten.

Durch Einschüchterung, durch die Diffamierung meines Vaters, durch unterschiedliche Formen von Sabotage – oder am besten dadurch, dass man generell zukünftig an meinem Wort zweifeln würde. Er musste nur noch dafür sorgen, dass man mich für *„verrückt",* sozusagen für *complètement fou* hielt, für *fou comme dans „vol au-dessus d´un nid de coucou".*

Eine bessere Versicherung als diese konnte es, außer meinem Tod, kaum für ihn geben. Ich dachte mir, dass das mit der Verhandlung ein Teil des Plans war, mich langsam zu zermürben.

Mein sofortiger Tod würde ihm die Freude des langsamen Quälens verderben. Nun wusste ich, wer Lefuet wirklich war.

Nun, nachdem er meinen Vater ins Spiel gebracht hatte. Mael, meinen unbekannten Vater.

Der Mann, der eine Photographie im Regal meiner Mutter geworden war, mittlerweile durch den steten Einfall der Mittagssonne auf die Kommode in der guten Stube, eine fahle, beinahe körperlose Erinnerung, vor der sie ab und an einen kleinen Blumenstrauß gestellt hatte, um den Empfänger zu ehren.

Den Empfänger, der nun öffentlich beleidigt worden war. Mein eigener Vater. Bis dahin hatte mir der Begriff davon gefehlt, wozu Lefuet wirklich fähig war. Im Prinzip hatte ich es geahnt, irgendwo in mir. Aus der Erfahrung mit den anderen Menschen, in deren Leben er eingebrochen war.

Man spürt es heimlich und man ahnt vermutlich auch, dass es einen nicht unberührt lassen wird. Doch ging es mir zu diesem Zeitpunkt noch wie den meisten, die da denken: *„Mich wird es schon nicht treffen!"*

Man denkt oft, dass es einen selbst nicht treffen wird, und daher verlässt man seine persönliche Deckung. Unvorsichtig und demnach ungeschützt. Das passierte an diesem einen Tag auch mir. Nach der langen Verhandlung trat ich hinaus, überquerte die warme Straße und setzte mich in ein Café. Es war eines der Cafés in dessen Untergeschoss sich diese privaten Clubs befanden, in denen Lefuet seine unseligen, doch wichtigen Kontakte knüpfte. Das störte mich nicht. Ich wollte ja nicht in die *„Unterwelt"*, eine Etage tiefer.

Vielmehr wollte ich einfach nur in dem nächstgelegen und auch einzigen Café, das sich gegenüber dem Gerichtsgebäude befand, etwas trinken.

Das war, rückwirkend betrachtet, ein außerordentlich großer Fehler. Zu denken, das Erdgeschoss könnte unbehelligt bleiben von den recht lichtscheuen Geschehnissen im Untergeschoss, war, rückblickend betrachtet, von ausgesprochener Fahrlässigkeit.

Dinge hängen häufiger miteinander zusammen, als uns klar ist. Nicht immer, aber häufig genug.

Und hier begann nun etwas, das ebenso unwirklich und bizarr erschien wie das, was mich von Lefuets *„Umkehrung aller Werte"* seit meiner ersten Begegnung mit ihm ständig verfolgte.

Bezeichnenderweise geschah es nach unserer vorerst letzten Begegnung, der Begegnung im Gerichtssaal.

Seither sah ich ihn noch viele weitere Male. Doch ich greife vor. Zurück also zu dem Moment im Café: Ich saß bei meinem Getränk am Tisch und trank einen angenehm bitteren Mocca Crème.

Mit einem Mal erschien es mir so, als sei Lefuet in der Nähe. Vielleicht war er auf dem Weg in den Club. Sein Herrenparfüm, diese eine, so ganz besonders aufdringliche Marke, stand in der Luft.

Ich sah mich nicht nach ihm um, sondern drehte den Kopf für eine Weile in die entgegengesetzte Richtung. Jemand unterhielt sich; ich konnte nicht sehen, wer es war, denn ich blickte mit sturer Krampfhaftigkeit zur Seite. Ich musste nicht sehen, wer das war. Das wusste ich auch so. Man konnte ihn riechen.

Durch das Fenster sah ich das Gerichtsgebäude auf der anderen Straßenseite. Menschen liefen umher, geschäftig und emsig, keiner achtete auf den anderen.

Es war ein Tag wie jeder andere auch.

Hinaussehend stellte ich mir vor, dass Lefuet sich dort, vor diesem Gerichtsgebäude gegenüber, eines Tages möglicherweise für die Brandstiftung würde verantworten müssen und ich fasste den Beschluss, den Staatsanwalt gelegentlich einmal über Lefuets Machenschaften aufzuklären. Doch den Kopf würde ich nicht in seine Richtung drehen. Nicht hier und jetzt. Heute nicht.

Pas de chance. Aucun chance. Pour rien au monde. Dazu zumindest konnte er mich nicht bringen. Die Tür klappte und jemand verließ das Café. Dieser Jemand lief in die andere Richtung, vom Gerichtsgebäude weg. Der entsetzliche Gestank des Herren-parfüms verflüchtigte sich zunehmend. Dann, nach einer Weile, drehte ich mich wieder zu meinem Getränk. Die Luft war rein. Nur noch der Barmann stand hinter dem Tresen und sah mich nicht an. Es war ein junger, ruhiger und verschlossener Malaye, insgesamt recht abgeklärt und keineswegs emotional. Ich beobachtete zunehmend beeindruckt seine routiniert geschickten Handbe-wegungen, mit denen er mit der

Sicherheit eines Mannes, der das reine Klischee eines unsentimentalen Barmanns perfekt zu kopieren imstande war, hinter dem Tresen hantierte. Mit großer Geschwindigkeit ordnete er die Gläser in den Schrank ein, spülte im Becken etwas, drehte dann wiederum an Zapfhahn, polierte etwas mit einem Tuch und hatte wohl bereits vorab schon beschlossen, mich keiner besonderen Aufmerksamkeit zu würdigen.
Ein Gespräch mit ihm zu beginnen würde schwer werden. Lieber nahm ich einen Schluck von dem Wasser, das zusammen mit dem Mocca serviert worden war.
Die Gerichtsverhandlung lief noch einmal vor mir ab. Immer noch kam sie mir kaum real vor. Alfred, mein langjähriger Freund, der mich ursprünglich zu der Verhandlung hatte begleiten wollen, doch dann durch ein Arbeitsgespräch verhindert worden war, hatte mir geraten innerlich auf alles vorbereitet zu sein.
Doch war das möglich? Konnte man sich auf *so* etwas vorbereiten? Diese boshafte, schadenfrohe Dreistigkeit von Lefuet, die schon beinahe greifbar gewordene Destruktivität, welche von ihm ausgegangen war.
Wäre ich in meinem Leben doch nie einem solchen Exemplar wie diesem begegnet.
Ich bemerkte, dass ich mich an der winzigen Schale festhielt in dem sich der heiße Mocca befand und schämte

mich ein wenig für diese Geste, um sie gleichzeitig jedoch einfach so beizubehalten.

Während der Mocca mich wärmte, gab er zumindest etwas Gutes: Insgesamt fühlte ich eine gewisse Erleichterung darüber, dass Khimère Lefuet nicht da war, dass ich nun allein hier saß.

Jemand wie er konnte einem mit seiner Widerwärtigkeit den Appetit auf alles verderben. Und wenigstens hierüber erfreut trank ich den mittlerweile etwas abgekühlten Mocca mit einem Schluck aus. Noch dachte ich mir nichts dabei, als das vernichtende Gift, welches Lefuet in die Welt gespritzt hatte, meinen Körper erreichte.

Dieses Wiedersehen, diese Erinnerung an all das, zu dem er fähig gewesen war, sie lähmte meinen Geist und meinen Körper. Nur tiefe Abscheu konnte ich empfinden. Vor meinem inneren Auge verfolgten mich Lefuets kalter, böser Blick und der für ihn typische abstoßende Zug um den Mund. Er war nicht da, nicht mehr. Die Luft schien rein. Doch hätte es mich nicht gewundert, wenn er das nachfolgende Geschehen beobachtet hätte.

Voll innerer Genugtuung darüber, dass sein Plan mich außer Gefecht zu setzen, klappte. Ich verfluchte ihn und den Moment, an dem ich seine Karte mitgenommen hatte, statt sie in den Kanal zu werfen. *La curiosité est un vilain défaut.*

Der Fluch erreichte den Empfänger nicht. Das war zu erwarten gewesen. Wie ein Bumerang kehrte er zurück.
Er traf mich selbst mit ganzer Wucht.

Kapitel 3 - Der Klang des Zerbrechens

In einer grausamen und dabei zugleich in reiner Bosheit triumphierenden Langsamkeit gelangte eine plötzliche Lähmung über meine Füße in meine Beine und breitete sich bis in meine Oberschenkel aus.
Es war mir mit einem Mal unmöglich meine Beine zu bewegen – etwas hatte sie gelähmt, zerbrochen.
Ich konnte es nicht sagen. Nur, dass etwas ohnehin bereits zerbrochen war, gelähmt oder vergiftet.
Einen beinahe metallischen Klang hatte ich wahrgenommen, einen chemischen, fremden Geschmack auf meiner Zunge, und ich konnte meine Beine nicht mehr bewegen. Eine bisher nie gekannte Angst schoss in mir hoch, und das Adrenalin in meinem Körper bewirkte nun immerhin, dass ich meine Beine mit einem Mal wieder spürte. Sofort lief ich aus dem Café hinaus, es befand sich direkt gegenüber des Versicherungsgebäudes, in dem mein Freund Alfred arbeitete. Ich wollte zu Alfred. Zu meinem lieben Alfred.
Er sollte bei mir sein und auch sofort einen Krankenwagen rufen, damit man mich untersuchen und behandeln

könnte. Mein Körper fühlte sich taub an, doch mein Geist in ihm war wach. Insgesamt hatte ich den Eindruck, dass etwas ganz und gar Schlimmes passiert war, dass etwas zusammengebrochen war.

Und der Himmel entwich wie eine Buchrolle, die zusammengerollt wird, und alle Berge und Inseln wurden von ihrem Ort weggerückt.

Mit buchstäblich letzter Kraft erreichte ich sein Zimmer.

Der Krankenwagen fuhr mich in das Hospital. Weiß war es dort, wie in den meisten Krankenhäusern. Weiß und kalt. Ärzte, Schwestern und Patienten liefen ebenso emsig und geschäftig umher wie die Menschen draußen auf der Straße. Mein Zusammenbruch änderte nichts an ihrer Geschäftigkeit. Warum sollte er auch? Ich denke heute, dass kein Zusammenbruch dem anderen gleicht. Kein Zusammenbruch der Welten und auch kein Zusammenbruch der eigenen Person, des eigenen Selbst; dessen, was vorher noch selbstverständlich zu sein schien, so unangreifbar.

Nach meinem Zusammenbruch war nichts mehr selbstverständlich.

Alles stand Kopf, und nichts ergab mehr Sinn.

Für einen selbst nicht mehr und für die Außenwelt nicht mehr. Man wird einfach abgetrennt, durchtrennt. Wenn nun einer aufgehört hat, der Welt, oder auch nur Teilen der

Welt, zu vertrauen, dann – auch das scheint mir sicher zu sein und eine nahezu allgemeingültige Regel – schlägt die Welt zurück. Ihr unsentimentaler Faustschlag haut dich um und steht in keiner Relation zu deinen anfänglichen Zweifeln, die sich nun ausbreiten und erhärten.

Ausgebreitet und erhärtet jedoch bietet man eine umso größere Angriffsfläche. Die Welt sieht sich nun direkt dazu aufgefordert dich zu zerbrechen, ob schnell oder nach und nach. Und dann beginnt er, der Kampf.

Es wird ein Kampf gegen die ungleich stärkere Gegnerin, die ich *„die Welt"* nenne und die sich zusammensetzt aus den Individuen, die guten und vor allen jenen Individuen, die bösen Willens sind.

Bösen Willens oder einfach nur erfüllt vom Willen, den zu brechen, der es gewagt hat, an den Selbstverständlichkeiten des Alltags zu zweifeln. Selbst wenn der, der das *„gewagt"* hat, dies gar nicht aus freien Stücken tat. *Finalement* war ich Lefuet nun also auch zum Opfer gefallen. Lefuet, der sich absolut nicht scheute mit gänzlich unlauteren Methoden zu arbeiten, der tückisch war und boshaft. Doch was zählt, ist das Ergebnis: der Zweifel.

Der sich unweigerlich ausbreitende Zweifel, nach wie vor ist er diesen Menschen die größte aller Bedrohungen.

Der Zweifel, er birgt die Angst in sich, dass doch nicht alles so sicher, so vertrauenswürdig, so selbstverständlich oder so leicht ist, wie man es selbst gern hätte. Und dem gilt es, entschlossen entgegenzutreten. In einem Kampf.
Ich nenne es Kampf, auch wenn es ungewohnt hart klingt.
Ich weiß es, denn ich habe es erlebt.
Und ich habe mir mittlerweile angewöhnt, die Dinge beim Namen zu nennen, denn mein persönlicher Kampf begann dramatisch.
Er begann nun, da sich der Zweifel in mir ausgebreitet hatte, mit dem, was ich in diesem Hospital erlebte.
Alfred, der mit mir im Krankenhaus eingetroffen war, begleitete mich, da der Arzt mit uns sprechen und Tests machen wollte. Irgendetwas war mit mir geschehen, und ich verstand es nicht.
Das Lähmungsgefühl hatte immerhin beinahe vollständig nachgelassen. Während der behäbig wirkende Arzt sich noch mit Alfred unterhielt und über die Tests sprach, die er durchführen wollte, ging ich auf den Gang, um mir die Füße zu vertreten.
Alles war plötzlich in einem Maß unheimlich, wie es mir bis dahin fremd gewesen war. Zwei Männer auf dem Gang machten mich nervös. Sie sprachen in zischendem Flüsterton miteinander und tauschten vielsagende Blicke in meine Richtung aus.

Im Hintergrund telefonierte ein Arzt. Es kam mir zunehmend so vor, als ginge es in dem Gespräch um mich. Ich war mir einmal sogar recht sicher, meinen Namen ganz genau gehört zu haben. *Charles Lemaign.* Plötzlich kam mir der Gedanke, Lefuet könnte dort angerufen und, wie schon des Öfteren geschehen, sich für jemand anderen ausgegeben haben.

Vielleicht für einen Psychiater. Oder aber er hatte auch hier gegen einen der Ärzte etwas in der Hand und spielte das nun aus. Das klang zwar total verrückt, Lefuet hatte solche und vergleichbare Dinge aber tatsächlich schon getan. Er konnte überzeugend in alle möglichen Rollen schlüpfen.

Ich hörte nun deutlich, wie mein Name erneut fiel. *Charles Lemaign.*

Die Männer auf dem Gang starrten mich ohne Unterbrechung oder auch nur ohne die geringste Scham oder wenigstens den kleinsten Hauch von Feingefühl an. Mein eigener Name hämmerte mir in den Ohren und klang mit einem Mal gar nicht mehr als sei er meiner. Fremd schien mir plötzlich, dieser Name. Fremd und eigenartig. *Charles Lemaign, Charles Lemaign, Charles Lemaign…*

Der Arzt beendete das Gespräch schließlich, und nun hörte ich es im Zimmer meines Arztes läuten, wo er mit Alfred saß.

Ich ging hastig in das Zimmer zurück, in dem Alfred und dieser Arzt saßen, und ich sagte etwas wie: *„Jetzt reicht es mir aber!"*. Alfred und der Arzt sahen mich ratlos an. Es war nicht mehr zu leugnen: Die Welt war eine andere geworden. Ich verstand das alles nicht. Man nahm mir Blut aus der Fingerkuppe ab, um zu klären, woher die plötzliche Lähmung kommen mochte. Doch es schien mir so, als würde man mich plötzlich nicht mehr ernst nehmen. War das wirklich Lefuet am Telefon gewesen? Andererseits: Sollte es daran denn wirklich noch einen ernsthaften Zweifel geben?

Alfred sah mich lange und nachdenklich an. Diesen Blick von ihm kannte ich schon. So sah Alfred immer aus, wenn er nicht mehr weiter wusste. Melancholisch wie die Augen eines traurigen spanischen Wasserhundes wirkten die seinen in jenem Moment.

Noch am selben Tag wurde ich in eine psychiatrische Klinik gebracht.

Kapitel 4. Das Grauen der Häuser

Entsetzlich nervös war ich, und ich lief in großer Angst auf und ab. Wo war ich hier? Ich wusste nur, dass man mich eingesperrt hatte. Mit wem zusammen war ich her eingesperrt, und wer waren meine Wächter? Die recht umgänglich wirkende junge Krankenschwester der Station sagte mir, nachher würde noch ein Arzt kommen, um mit mir zu sprechen. Das beruhigte mich, doch es beruhigte mich nur für kurze Zeit. Als nämlich gar kein Arzt kam, wurde meine Unruhe noch größer. Warum kam denn nur keiner? Die Schwester hatte es doch versprochen, in Aussicht gestellt zumindest.

Auf nichts konnte ich mich mehr verlassen. Nicht auf meine Wahrnehmung und nicht auf das Wort dieser Krankenschwester. Ich fühlte mich mit einem Mal wie ein Tier in einem viel zu kleinen Käfig, wie der Panther aus dem *Jardin des Plantes* in dem so geschätzten Gedicht von Rilke. *Es war als ob es tausend Stäbe gäbe – und hinter tausend Stäben keine Welt.* Noch gab es sie immerhin, die Welt. Diese Welt war nun nur zu einem gänzlich unberechenbaren Ort geworden, zu einem fremden, unheimlichen Land, in dem keine der Regeln galten, die mir zuvor vertraut gewesen waren. *Und der Himmel entwich wie eine Buchrolle, die zusammengerollt wird, und alle Berge und Inseln wurden von ihrem Ort weggerückt.* Wie ein Mantra hämmerten sich diese Worte in mich hinein. Und all das war so überaus schnell, in einer solch boshaften Geschwindigkeit geschehen, war in mein Leben eingebrochen, dass ich unmöglich darauf vorbereitet sein konnte. Wahrscheinlich wollte mich die Krankenschwester beruhigen, oder eben doch auch abspeisen. Das war ungünstig für mich denn sie hätte so etwas wie eine letzte Orientierung sein können - wenn ich ihrem so überaus leicht hingesagten Wort hätte trauen können. Doch das konnte ich, wie ich soeben gerade erfahren hatte, keineswegs. Kein Arzt kam, und meine Unruhe wuchs in mir wie etwas, das mit aller Kraft ins Freie wollte. Alfreds Vater gelang es schließlich, mich dort herauszuholen. Das rechnete ich ihm mein Leben lang außerordentlich hoch an. Doch ich möchte an dieser Stelle noch mal zurückgehen zu dem Zeitpunkt des falschen Versprechens der Arzt würde gleich kommen. Es schien unausweichlich gewesen zu sein, sozusagen direkt aus dieser Ungewissheit heraus zu folgen, dass die Unruhe damals unerträglich wurde. Mein

Geist, mein Körper kämpften gegen sie an. Ich weiß nicht mehr, an was genau es lag, was seitens der Psychiatrie und ihrer Mitarbeiter für mich festgelegt wurde, doch nun kam es noch schlimmer. Neben der bisherigen, vorläufigen Diagnose des „*Verfolgungswahns*" bekam ich noch das Stigma der Gefährlichkeit, der *Gemeingefährlichkeit* verpasst.

Ich hätte darüber sehr laut und irr lachen können, wenn es nicht so traurig, so gänzlich absurd und zugleich trostlos gewesen wäre.

Man fütterte und pumpte mich mit zahlreichen Medikamenten bis zur Abstumpfung voll, ob sie halfen kann ich nicht sagen. Und: wobei hätten sie mir denn helfen können? Doch eine Wirkung hatten sie durchaus. Zumindest war es grotesk, was diese aus mir machten. Wie eine geschnitzte Puppe lief ich umher, grinste unbeweglich, starr, und geisterte durch die Gänge, ohne jemals wirklich da zu sein. Zwei Wochen lang durfte ich nicht einmal in den Garten. Auf einmal war nichts mehr wie zuvor. Mein Leben war zu einem *Film Noir* geworden. Zu etwas, dass da ablief und in das ich nicht mehr eingreifen konnte, zu etwas Unheimlichem und Fremdem.

Fremd und unheimlich wie letzthin das grauenhafte Andenken an *Mael*, meinen Vater. Dem Untergang schien ich geweiht mit keiner Hoffnung, die sich mir auch nur im Entferntesten offenbart hätte. Nichts war mehr wie zuvor. Und so wurde es auch von diesem Punkt an nie wieder. Heute würde ich sagen, dass Khimère Lefuet damals *mein Leben* ruiniert hat, oder aber, dass Khimère seine Brüchigkeit für sich genutzt hatte. Andererseits: Ginge man in dieser Gesellschaft besser und anders mit Menschen um, die man nicht auf Anhieb versteht, deren Geschichte einem merkwürdig erscheint oder verrückt, dann hätten Menschen wie Lefuet auch nicht die Macht, Leben in diesem Sinn zu ruinieren. All die dummen Gehässigkeiten und Verurteilungen, dieses Tuscheln hinterrücks – diese Dinge sind eigentlich das Schlimmste. Und dabei ist mir bewusst, dass es nur heute das Schlimmste ist – noch vor einigen Jahrzehnten glich es einem Todesurteil so zu sein, wie ich es nun war.
Lange Zeit ging es mir darum zu beweisen, dass ich zu Unrecht in diese Klinik gekommen war.
Doch jetzt denke ich mir: ob zu Unrecht oder nicht – wer gibt den anderen ein Recht über mich zu urteilen?

Wer gibt ihnen die Gewissheit zu glauben, über mich urteilen zu können? Weltlicher wurde meine Welt nun. Profaner – trotz all der Mysterien, die Psychiatrieaufenthalte mit sich zu bringen pflegen.

Die Blutprobe aus Kehl war verschwunden. *Aucune idée*, nein, ich kann Ihnen keinesfalls sagen, ob ich vergiftet wurde, mit Betäubungstropfen, so wie das Lefuets Spezialität war, oder aber ob ich einen *natürlichen*, nicht durch Substanzen induzierten Zusammenbruch erlitten habe. Mittlerweile, nach all dem was ich erlebt habe, denke ich nicht mehr, dass es so wichtig ist. Jedoch etwas stimmt mich noch heute misstrauisch: Man hatte mir damals lediglich das Blut aus den Fingerkuppen entnommen. Später habe ich von einem Internisten erfahren, dass das keinesfalls ausreichend wäre, um etwaige Vergiftungen feststellen zu können.

Zudem waren, als ich einmal nachfragen wollte, alle Unterlagen verschwunden. Nicht nur die Blutprobe. Das ergab keinen Sinn. Hatte man mich vorab bereits gänzlich abgeschrieben, vorverurteilt und nicht einmal im Ansatz für voll genommen?

Auch diese Sachen verstärken den Zweifel in einem.

Ebenso wie die verschwundenen Unterlagen.

War das damals wirklich Lefuet gewesen, das Telefonat mit dem Arzt? Darüber nachzudenken bereitete mir fast körperliche Schmerzen. Eine Weile hatte ich es daher tunlichst vermieden mich mit dem Thema zu befassen. Doch das Thema suchte mich mit penetranter Ernsthaftigkeit, es stellte mir nach und, nachdem es mich aufgespürt hatte, ließ es mich nicht mehr los.

Dubito ergo sum. Auch mein Vater, Mael Lemaign, war nun offen ein Teil dieses Zweifels geworden. Ich zitterte, sobald ich an die Photographie von ihm dachte.

Das Bild von ihm im Haus meiner Mutter. Wer steckte wirklich hinter diesem Bild? Und – hatte ich es nicht irgendwie schon früher geahnt?

Es war verrückt, einfach nur verrückt.

Kapitel 5 - Die Geschwätzigkeit der Welt

Dem Aufenthalt schloss sich ein weiterer an. Diesmal war sie in Baden-Baden, der Stadt, die Lefuet bewunderte wegen ihres mondänen Charmes, wegen des greisen Nazi-Verbrechers, welchem es gelungen war, in gerade dieser Stadt zu entkommen, unterzutauchen. Es war auch der Ort, an dem er sich vom geplanten Gewinn eine Villa hatte kaufen wollen.
Ich selbst konnte von Weltoffenheit oder gar von Charme nichts bemerken.
Die Klinik dort war Teil eines größeren Klinik-Verbundes, der zahlreiche Kliniken innerhalb des Landes in sich vereinte. Diese eine Klinik nun war in der Kriegszeit ein Auffanglager für Juden und politische Gegner gewesen, die man danach in Konzentrationslager gebracht hatte um sie zu ermorden. Das Grauen lag noch immer auf diesem Ort. Wie eine schwelende, dunkle und traurige Wolke überschattete die Vergangenheit dieses Hauses seine Gegenwart, wie sie viele Häuser zuweilen befällt. Es war noch spürbar. Vielleicht nicht für jeden; doch für mich durchaus. Wenn man barfuß unterwegs ist, dann spürt man die Dinge, über die andere Menschen mit festem

Schuhwerk einfach *sans détour* darüberlaufen, unbehelligt und gedankenlos. Wieder waren es Ausgestoßene der Gesellschaft, die hier nun untergebracht wurden.

Menschen, die man hier, bei uns, *„psychotisch" oder psychisch krank* nennt, werden in anderen Kulturen, zumindest in einigen, als besonders begabte Menschen verehrt. Sie hören das sonst so lautlose Gras wachsen – könnte man sagen; alles um sie herum können sie aufnehmen.

Ich verstehe, warum sie in manchen anderen Kulturen, so verehrt werden. Sie sind meist, sollte ich sie möglichst treffend beschreiben, genaue, äußerst empfindsam wie komplizierteste und dadurch auch anfälligste Seismographen. So beobachtete und bewunderte ich sie scheu zu gleichen Teilen, wohl wissend, dass ich als einer von ihnen angesehen wurde. Ein Umstand der mich hätte stolz machen können, wäre ich damals nicht zu sehr damit befasst gewesen, mich grundsätzlich von ihnen unterscheiden zu wollen.

Doch ich beobachtete sie wie ein ganz und gar enthusiastischer Anthropologe, ich sah sie voll stiller Ehrfurcht an: Ihre Fähigkeit, Dinge wegzudrängen, zu verleugnen oder nicht wahrhaben zu wollen, hatte sie allesamt verlassen.

Sie waren hierdurch nun in der Lage alles wahrzunehmen, auf schmerzliche Weise Dinge zu sehen, zu hören und zu fühlen, die für andere nicht sichtbar, nicht hörbar, nicht fühlbar und somit eben nicht existent, sind. Manchmal waren es Trugbilder, doch allzu oft verbarg sich auch in diesen irgendein wahrer Kern.
Einen wahrhaft scheuen und stolzen *Indianer* gab es in Baden-Baden. Einen Indianer wie aus der Predigt meines alten Pfarrers. Auch gab es einen *General*, einen *Gaius Julius Caesar,* einen *Sokrates,* einen *Friedensrichter* und einen, der sich für einen *Jünger des letzten Abendmahls* hielt. Wir hatten mehrere *Erzengel*, unter ihnen auch *Michael,* der, ich brauche es wohl nicht eigens zu erwähnen, dort selbstverständlich sogleich mein enger Freund wurde. Zu dieser Zeit kam mir manchmal der Gedanke, dass diese Menschen aus früherer Zeit, diese Menschen, die sie glauben zu sein, einen Hinweis darauf geben könnten, was ihnen fehlt, was sie brauchen würden, um wieder *ganz* zu werden. Mich selbst sah ich als einen *Eremiten* an. So glaubte nicht zwar wirklich einer zu sein, noch hielt mich der Gedanke an Hannah zurück. Und doch kam es mir so vor, als sei der *Eremit* dieser Jemand, dieses Etwas, das es

für mich brauchte, um wieder ganz, um heil zu werden.
Weit war ich in dieser Zeit davon entfernt, als heil zu gelten. Man hielt mich für etwas Gefährliches.
Einmal wurde ich von den Pflegern komplett ans Bett fixiert.
Ich konnte mich kaum bewegen, und ich hatte großen Durst. Als ich damals den Pfleger nach etwas zu trinken bat, holte der einen Sprudel, stellte ihn – unerreichbar weit weg für mich – auf das Fensterbrett und ging. Nur ein *Eremit* konnte mit so etwas zurechtkommen. Nur ein Eremit. Solch krude Gedankenlosigkeiten gibt es überall. Doch glücklicherweise gab es auch grundsätzlich Andere, das Gedankenvollere. Und es gab den *Minnesänger.* Der Minnesänger war ein Mitpatient.
Ich beobachtete ihn, wie er versuchte, über das Toilettenfenster ins Freie zu gelangen. Das konnte ich ihm ausreden. Da ich ein Gespräch mitgehört hatte, wusste ich nämlich, dass er am nächsten Tag hätte entlassen werden sollen. Der Minnesänger selbst war jedoch so verunsichert, dass er niemandem mehr glaubte, der ihm das erzählte.
„Die können viel sagen!", bemerkte er ganz richtig. Seine Stimme zitterte dabei und wurde brüchig. Aber ich kannte

seine Ärztin, Frau Dr. Sternad. Ich wusste, dass sie eine dieser Menschen war, auf deren Wort man bauen konnte. Und so wirkte ich auf ihn ein.

Ich stärkte sein Vertrauen und konnte ihm seine Angst nehmen.

Am nächsten Tag wurde er entlassen.

Hätte er versucht auszubrechen, wäre er in jedem Fall weggesperrt worden.

Später einmal habe ich ihn wieder gesehen. Er saß in der Sonne an einem Brunnen in Freiburg und spielte auf seiner Gitarre.

Das Lied, welches er an diesem Tag spielte klingt noch heute ab und an in meinen Ohren und macht mir Mut. Es war zugleich auch ein bekannter Chanson den wir damals gemeinsam mit Hannah in Taizé gesungen hatten. Allein dafür schon bekam der Minnesänger einen festen Platz in meiner Erinnerung.

Baden-Baden ebenfalls. Doch aus anderen Gründen. Einer der Ärzte unterhielt sich einmal mit einer Mitarbeiterin darüber, dass man an diesem Ort auch psychisch Kranke getötet habe, damals, während des Zweiten Weltkriegs. Und ich weiß, dass ich nicht mehr gesund hatte werden können, nachdem ich das Stadtarchiv in dieser Angelegenheit besucht hatte. Nicht mehr vollkommen. Ein

Name, ein einziger Name war es, der alles änderte. Der Name eines damaligen Mitarbeiters, der Name eines Mörders.

Es war der Name meines Vaters. Die Initialen, um genau zu sein. M.A.L. Natürlich hätte das alles bedeuten können. Mael Lemaign, oder etwas anderes. Doch für mich war in diesem Moment klar, wofür es stand. Mael. *MA.L. MAL*.MAL.

In jeder Klinik, in der ich während der nächsten Jahre lebte, gab es - da Kliniken im Kleinen spiegeln, was in der Welt da draußen vor sich geht - beide Seiten. Eine dieser Kliniken befand sich in Nordrach.

Das Zimmer sah kahl aus, ganz weiße Wände, nicht gerade einladend, und in meinem Nachttisch lag eine fremde Brille. Schon am gleichen Tag erkannte ich unter einer der Mitpatientinnen die Ärztin aus der Baden Badener Klinik, die zierliche, hübsche, sehr kultivierte und zumeist so nachdenklich wirkende Frau Dr. Sternad. Ich hatte sie als Ärztin mit ihrer entgegenkommenden, ausgesucht freundlichen Art immer ganz besonders geschätzt, beinahe sogar verehrt. Nun brauchte sie offenbar selbst Hilfe.

Kein Wunder wenn man bedenkt, an welch furchtbaren Ort sie all die Jahre gearbeitet hatte. Dem Ort von Tod und

Ermordung. Zwar Jahre vor ihr, doch längst nicht getilgt. Sie saß im Speisesaal und wirkte außerordentlich unruhig. Immer wieder strich sie sich das dunkelblonde Haar aus dem blassen Gesicht und sah sich verlegen um.

Ich ging sofort zu ihr und begann ein Gespräch mit ihr. Im Verlauf dieses Gesprächs fragte ich sie auch nach der Ursache für ihre Unruhe. Sie sagte mir, dass sie kaum etwas sehen könnte, da sie irgendwo ihre Brille verloren hätte. Mir kam unverzüglich die Idee, dass sie wahrscheinlich vorher in meinem Zimmer gewesen war, und dass die Brille, die da in meinem Nachttisch lag, ihre Brille sein könnte. Daher fragte ich sie, ob sie vor kurzem das Zimmer gewechselt habe.

„*Oh ja*", sagte sie erschrocken, „*das war kein gutes Zimmer. Nachts erscheint dort ein Kreuz auf der Wand.*" Schließlich erzählte sie mir von sich. Warum sie nun hier war, warum sie nun selbst Patientin war. In dieser Nacht konnte ich, nach jener Einführung in das Zimmer - es wundert wohl keinen ernsthaft - nicht schlafen. Der Mond war besonders hell, alle Sterne, nach denen ich immer mal wieder sah, standen noch am Himmel.

Man konnte die Fenster nicht verdunkeln, nackt und kahl

sah es nach mir wie ich nach ihm. Mit großer Ausdauer, die mir manchmal zu eigen ist, beobachtete ich es. Plötzlich sah auch ich das Kreuz, das auf der Wand erschien. Genauso, wie Frau Dr. Sternad es erzählt hatte. Zuerst bekam ich einen ganz kalten jähen Schreck, der mich durchfuhr, jedoch nur kurz. Die Erklärung war nämlich recht leicht, wenn man die Physik dabei zu Hilfe nahm.

Durch den Lichteinfall von außen, ob Mond oder Laterne, warf das Fensterkreuz einen direkten Schatten auf die weiße, keinen Schatten schluckende Wand.

Die weiße, kalte Wand diente *simplement* als Projektionsfläche für dieses Schauspiel, das auch einem gänzlich gesunden und unerschrockenen Menschen recht beunruhigend hätte erscheinen können. Frau Dr. Sternad tat mir in diesem Moment, während das Kreuz noch immer im Zimmer stand, wahrlich Leid, und ich fragte mich, ob die Leute, die solche Zimmer entwarfen, auch nur eine einzige Sekunde, einen Bruchteil ihres Planungsrahmens über so etwas nachdachten.

Warum waren die Wände hier so weiß, so kahl und Angst erregend? Warum konnte man die Fenster in den Nächten nicht mit einer Gardine verdunkeln?

Warum also musste man sich in einem solchen Zimmer nun noch nackter und elender fühlen als man es ohnehin getan hätte? Mir fiel keine Antwort ein.

Dem Kreuz an und für sich zu Trotz: Auch die Zeit in dieser Klinik stand unter keinem guten Zeichen. An unser Gespräch musste ich denken. Sie hatte mir erzählt, dass sie – und das verband sie mit den Patienten – deren Leid auch in ihrer Zeit als Ärztin nie habe abstreifen können. Einer ihrer Kollegen habe sich daraufhin über sie mokiert, auch darüber, dass sie oft erschöpft war nach den Gesprächen mit den Patienten. Er, so hatte er sich gebrüstet, könne mehr als dreißig solcher Gespräche am Tag führen ohne sich auch nur im Geringsten erschöpft zu fühlen. Und das stimmte wohl. Er konnte aber auch keinem dieser Menschen, die hinter einem dieser dreißig Gespräche standen, helfen. Er fühlte sich nicht ein.

Die Dinge prallten einfach an ihm ab. Nicht so bei ihr. Sie bekam, gerade durch ihre feine Art einen Zugang zu den Menschen, gerade zu den gequälten, die zu niemandem sonst mehr in Kontakt standen. Ihr gelang es sie zu erreichen. Einmal rettete sie einem jungen Mann das Leben – nur durch Zuhören und nur durch ihre so gut gesetzten

Worte. Viele Stunden waren hierzu nötig. Doch sie erreichte ihn, und er überlebte. Der Kollege, welcher das mitbekommen hatte (so hatten wohl einige Mitarbeiter ihr zu dieser Leistung gratuliert und sie als Lebensretterin bezeichnet), fragte nur, ob es denn auch lebenswertes Leben gewesen sei, welches sie da gerettet habe.

Ob sie dem armen Kerl, der ohnehin nicht in die Welt passe, denn damit überhaupt einen Gefallen erwiesen habe?

Ja, und hier war sie nun, die so feinfühlige Lebensretterin Frau Dr. Sternad. Eine Patientin wie alle anderen, nervös und traurig, wohingegen ihr Kollege weiterhin dreißig und mehr Gespräche am Tag führte, ohne auch im Mindesten zu ermüden und ohne auch nur im Geringsten etwas zu bewirken.

Das Schlachthaus, in dem die Tiere getötet wurden, die wir dann essen sollten, lag direkt neben der Nordwand des Klinikgebäudes.

Das Blut der Tiere floss in die Nordrach und färbte sie für kurze Momente in ein dunkles, dann heller werdendes Rot. Man roch das Blut an manchen Tagen besonders stark. Manchmal hörte man die Tiere auf der Schlachtbank in Todesangst schreien. Die Klinik selbst war, wie alle Kliniken in denen ich war, voller Tristesse und Dunkelheit. Alles war alt und verkommen, die Decken niedrig, gehässig und drückend.

Das war allein schon von der Architektur her kein Ort, um gesund zu werden.

Wobei: nachdem ich herausgefunden hatte, von wem ich abstammte, wer mein Vater war und was er getan hatte, war mir ohnehin klar, dass es für mich selbst zu spät war. Ich selbst konnte nicht wieder gesund werden. *Jamais.* Nur wollte ich dennoch am Leben bleiben. Dennoch, oder vielmehr: trotzdem.

Kurze Zeit später, ich hatte die Klinik bereits wieder verlassen und wohnte vorübergehend bei Alfred, passierte dann ausnahmsweise einmal etwas höchst Erfreuliches, und das ist eine – ich gebe es zu – unfassbare Untertreibung.

Es war an dem Wochenende nach meiner Entlassung aus der Klinik. Mit meinem Freund Alfred, der mir in der Klinik manchmal als Besucher Gesellschaft geleistet hatte, war ich noch einmal dorthin zurückgefahren, da ich meinen Ausweis vergessen hatte und man sich geweigert

hatte, ihn mir auf dem Postwege zuzustellen. Und da stand sie, im Vorzimmer der Klinik, dort wo die neuen Patienten auf Einlass warten, wie ein unwahrscheinliches Trugbild, und doch war sie es: Meine alte Liebe.
Hier war sie wieder, meine heilige Hannah. Endlich, niemals wäre mir das auch nur in meinen Träumen in den Sinn gekommen, hatte ich sie wiedergefunden.
Ihr zugleich glückliches wie auch trauriges Lächeln erhellte den ganzen Raum und es war mir unmöglich, mich wieder von ihr abzuwenden oder auch nur für eine Minute in eine andere Richtung zu sehen. Hannah zog mich geradezu in ihren wunderbaren Bann, so wie es immer gewesen war. Ich nahm jedes Detail von ihr auf; alles an ihr: Ihr Körper, die Art, wie sie sich bewegte und ihren traumhaften, mirakulösen Geruch, der für mich mit nichts zu vergleichen war. Ihre Schönheit war beinahe überirdisch, auch wenn es kitschig, oder merkwürdig klingen mochte. Doch gab es daran einfach nichts zu rütteln. Nichts.
Tränen traten mir in die Augen, und die Heiligenfigur im Straßburger Münster kam mir in den Sinn.
Dann drehte sie den Kopf in meine Richtung und lächelte nur mich an. Dabei erschrak sie leicht, um schließlich nur

noch mehr zu lächeln. Sie hatte mich wiedererkannt.
Ich hoffte, dass sie die Tränen in meinen Augen nicht sah und es fiel mir schwer, mich auf den Beinen zu halten. Dennoch bemühte ich mich gerade darum. Einzuknicken kam nicht in Frage. Niemals.

Kapitel 6 - Die Schönheit der Frauen

Hannah hatte schon seit längerem einen Verlobten gehabt, einen zu Geld gekommenen Industriellen, der sie ständig zu gleichen Teilen belagerte und verunsicherte. Er war um Einiges älter als sie mit bereits grau durchwachsenem dichtem Haar, einem gepflegten Bart und nach außen hin bemerkenswert guten Manieren, von denen jedoch im Innenbereich nicht mehr viel übrigzubleiben schien. Zumindest, wenn das zutrifft, was Hannah mir damals erzählt hatte.

Auch wegen ihm konnten wir schon bei unserer allerersten Begegnung in Taizé nicht dauerhaft zueinander finden.

Ein Teil von ihr mochte es vermutlich, schlecht behandelt zu werden – oder hatte es gemocht. Ich denke, dass das sein – sehr probates - Mittel war, um sie bei sich zu behalten. Eine so ausgesprochen schöne Frau wie Hannah.

Mit den Zweifeln verschaffte er sich eine Sicherheit, indem er sie verunsicherte, indem er sie an sich selbst zweifeln ließ. Nun hatte dieses Mittel sie hierher gebracht, als Patientin. Hierher, und wieder zurück zu mir. Weg von ihm? Schön wäre es gewesen. Doch eines war mir schon in diesem Augenblick klar: So schnell würde sie von diesem Verlobten nicht wegkommen. Nur wenn wir eine Zeit des reinen Vertrauens untereinander haben würde.

Eine ungestörte Zeit, in der etwas wachsen konnte, das größer war als Hannahs Abhängigkeit von diesem Mann.

Mit ihrer Unsicherheit hielt er sie fest in seinem Griff. Wir hatten dem aber dennoch etwas entgegenzusetzen. Eine Art Zauber war wieder zwischen uns so wie beim allerersten Mal. Zusammen fuhren wir nach Wolfach und verbrachten den Tag in inniger Zweisamkeit. Wir sprachen über alles Mögliche. Über unsere erste Begegnung, über Musik und einfach über Dinge, die uns so einfielen.

Der Gesprächsstoff ging uns nicht aus. Zwischendrin lachte sie so, wie nur sie es vermochte und mein Blick verlor sich in ihren Augen. Alles an ihr war so wunderbar und so unmöglich zu überbieten. Noch am gleichen Tag küssten wir uns. Ich vergaß alles um mich herum.

Wenn sie mich nicht daran erinnert hätte, dass sie wieder in die Klinik zurückmüsste, hätte ich gar nicht mehr aufgehört sie zu umarmen. Dann, etwa zwei Stunden vor Mitternacht brachte ich sie auf ihr Zimmer. Ich träumte die ganze Nacht von ihr, halb schlafend, halb wach. Am nächsten Tag besuchte ich Hannah wieder. Zur Begrüßung schenkte sie mir ihr Lächeln. Dieses Lächeln, so dachte ich, muss frei sein, und es kam mir in den Sinn, einen Ausflug mit ihr zu unternehmen.

Nach kurzer Bedenkzeit schlug ich ihr daher vor, meinen älteren Bruder besuchen zu fahren, der nicht allzu weit entfernt, nämlich bei Freiburg, wohnte.

Es gab allerlei hinterrücks verbreitete Gerüchte in unserem Heimatort über ihn, und die musste ich ihm dringend persönlich mitteilen.

So, dachte ich mir, wäre beides höchst praktisch miteinander zu verbinden. Hannah war sofort einverstanden. Ihre Augen leuchteten. Per Anhalter, was zu dieser Zeit die angemessenste Form des Reisens war, sind wir, ohne auf dem Rücksitz die Augen voneinander zu lassen, Hand in

Hand nach Freiburg gefahren. Mein Bruder Frederic jedoch war wie so häufig nicht da, so dass wir den Tag mit seiner gänzlich überspannten Frau Laurence verbrachten. Gegen Abend hin begann auch Hannah nervös zu werden, weil Frederic, der uns zurück nach Nordrach hätte bringen sollen, nicht heimkam. Schließlich gab ich ihr ausreichend Geld für ein Taxi. Hannah stieg eilig und verstört zu dem mürrisch wirkenden Fahrer in den Wagen und fuhr alleine in die Klinik zurück. Ich wollte noch auf Frederic warten, denn ich musste wegen einer anderen Sache - wegen unseres Vaters, um genau zu sein - dringend mit ihm sprechen. Mein Bruder kam allerdings erst so richtig spät, es muss schon nach Mitternacht gewesen sein. Verstört wirkte er ebenfalls. Wahrscheinlich hatte er beim Durchführen eines seiner Geschäfte Pech gehabt, was ihm zumeist sehr zusetzte.

Wir bekamen wie so oft in der Vergangenheit, wenn er in dieser Stimmung war, sofort Streit miteinander, und natürlich fuhr er mich in dieser Stimmung nicht nach Nordrach zurück. Also begab ich mich zu Fuß auf den Weg.

Ich durchlief sie mit meinen Füßen, die Nacht.

Eine Teilstrecke lang nahm mich ein Auto mit, den Rest

wanderte ich immer die Straße entlang. Müde wurde ich dabei nicht, denn ich wollte zu Hannah. Nach einer Weile zog ich die Schuhe aus, weil ich Blasen bekam. Barfuß lief ich weiter, die Schuhe in meiner Hand. Morgens um acht kam ich in Nordrach an. Hannah war allerdings nicht begeistert mich zu sehen. Es hatte sie unter einen mächtigen Druck gesetzt nicht zu wissen, ob sie rechtzeitig in die Klinik würde zurückkommen können. An dem Tag, das hatte ich begriffen, war an kein Einlenken mehr zu denken. Also telefonierte ich mit meinem Onkel Sebastian, dem ältesten Bruder meiner Mutter, der mich mit dem Auto abholte und mich wieder in mein Heimatdorf brachte.

Eine Woche später holte mein Bruder, dem ich doch nichts über den uns so fremden *Mael Lemaign* hatte sagen können (ich brachte es einfach nicht übers Herz), zur Wiedergutmachung wegen unseres Streits Hannah aus der Klinik ab. Wir verbrachten den Tag zusammen. Hannah wurde ganz unverhohlen bewundert, und ich denke, dass ihr das gefallen hat. Wir sprachen davon, wie sie einmal heiraten würde und in welchem Kleid. Sie erzählte etwas von einem ganz besonderen Kleid, doch ganz egal, was sie zur Hochzeit getragen hätte - sofort und auf der Stelle hätte ich sie geheiratet. Und das sagte ich ihr auch. Ich liebte einfach alles an ihr, und das ist bis heute so geblieben. Es klang etwas verrückt, aber ich verglich sie mit einer Heiligen die gegen Dämonen kämpfen konnte. Der Dämon - das war Lefuet, und wohl auch mein Vater. Dafür standen sie. Und Hannah stand für das Gegenteil. Sie war gut, sie war liebevoll. Sie war einfach die stärkste Gegenkraft, die ich mir vorstellen konnte. Lefuets gesamte Boshaftigkeit wurde klein, ganz nichtig, verschwand hinter ihrer Schönheit, hinter ihrer Anmut und Sanftheit, auch Mael hatte keine Chance gegen sie. Als wir miteinander schliefen, war das der schönste Moment meines Lebens. In vielen Dingen bin ich ein Genießer und auch ein durchaus sexueller Mensch. Nicht in einem übertriebenen Ausmaß, doch ich denke schon behaupten zu können, dass ich mit Frauen in dieser Hinsicht äußerst gut harmoniere. Wobei: Allein *harmonieren* ist nicht unbedingt der richtige Ausdruck. Vielmehr gibt es dabei jeweils eine beachtliche Art chemischer Reaktion, ein mächtiges Feuerwerk sozusagen, welches zumeist auf Gegenseitigkeit beruhte. In meiner Nacht mit Hannah, die eigentlich ein Tag war, war das nicht der Fall. Nicht, weil sie mir nicht gefallen hätte. Allein das auszusprechen ist absurd. Ganz im Gegenteil: Sie war mir zu wichtig, um bloß eine meiner *schnellen Frauen* zu sein. Sie war mir so wichtig, dass ich schon allein von der Tatsache, sie im Arm halten zu dürfen, sie so nahe bei mir zu wissen, wie berauscht war, wie befreit von allem, was mich jemals bedrückt hatte. Der frische Geruch der Wiese, auf der wir lagen, verband sich mit ihrem. Befreit und nervös, verliebt und unsagbar glücklich war ich an jenem Tag. In diesem Zustand rückte alles andere, jedes körperliche Besitz-Ergreifen des anderen in den Hintergrund. Nichts spielte mehr eine Rolle, weder ob es Tag war oder Nacht, nichts. Nur die Tatsache, dass Hannah und ich hier zusammen waren. Gemeinsam. Es sollte kein Besitz-Ergreifen sein, vielmehr eine wundersame, besondere Begegnung. Eine wahre Begegnung, wie sie nur unter aufrichtig Liebenden möglich ist. Noch nie war mir etwas so wichtig, so ernst gewesen.

Für mich dehnte sich dieser Augenblick in eine kleine, wunderbare Ewigkeit.

Alles verschmolz zu einem einzigen, unübertreffbaren Moment. Für mich war es wie eine Hochzeitsnacht, mitten am Tag und mitten im Wald, denn, so fest wie noch nie zuvor stand für mich fest, dass ich heiraten wollte.

Dass ich *sie* heiraten wollte. So schön war es, dass ich es mit Worten nicht beschreiben kann.

Meine Hannah - ich hätte gern den Rest meines Lebens mit ihr verbracht. Doch auch hier war, wie überall, nicht alles leicht.

Meiner Mutter gefiel Hannah nicht. Sie sagte, Hannah sei labil. Ich fand das nicht. Indes konnte ich seit meiner Entdeckung des wahren Wesens von Mael Lemaigns ohnehin kaum drei Worte mit ihr sprechen, ohne in heftigen Streit zu geraten – wobei wir den, um den es ja eigentlich ging, umschifften, umgingen und aussparten.

Diese Frau nun, meine Mutter, welche noch immer die blasse Photographie meines Vaters mit Blumen schmückte – oder aber hinter Blumen versteckte - maßte sich ein *Urteil* an.

Ein Urteil über Hannah. Doch selbst wenn sie es gewesen wäre, selbst wenn sie eine ausgewiesene Verrückte gewesen wäre - meine Gefühle für sie hätte das niemals verändern können. Ich hörte nicht auf das enervierende Geschwätz der sogenannten *Normalen*, die fieberhaft darauf schauen, ihre Vorgärten und ihre Waschbecken, ihre Autos und absurden Bodenvorleger sauber zu halten und dabei vergaßen, ihre eigene Menschlichkeit zu pflegen.

Doch brauchte ich ihren Segen nicht um Hannah zu lieben. Selbst wenn sie komplett den Verstand verloren hätte oder das, was man gemeinhin dafür hält - ich wäre immer an ihrer Seite geblieben. Niemand hätte ihr auch nur ein Haar krümmen oder schlecht über sie sprechen dürfen.

Sie war Hannah, sie war und blieb meine einzige große Liebe. Niemals zuvor und niemals danach habe ich solche Gefühle für eine Frau gehegt.

Das mit ihr war einzigartig. Und ich bekenne mich offen zu meinem Verrücktsein, denn ich war verrückt nach Hannah. Manchmal dachte ich mir auch, dass ich zu heißblütig, zu romantisch und zu leidenschaftlich sei, um tatsächlich aus dem kühlen Schwarzwald zu kommen. Natürlich weiß ich es nicht. Doch es kommt mir so vor, als wäre ich nicht so schnell in einer Psychiatrie gelandet, wenn ich Franzose gewesen wäre, Spanier oder Italiener.

Da liegt es in der Kultur, das mit der großen Liebe, der Sehnsucht und der Leidenschaft. Jetzt einmal gänzlich abgesehen von Lefuet und seinen Intrigen.

Hier allerdings verschreckte ich die Menschen offenbar damit.

Was die Liebe angeht, bin ich wohl allzu wild für diesen Landstrich.

Kurz nach ihrem Besuch kaufte ich ein Auto. Ich wollte mit Hannah verreisen – nach Südfrankreich und nach Andorra. Doch passierte nur kurz darauf etwas ganz und gar Fürchterliches.

Es war etwas, das Lefuets Handschrift sehr deutlich trug und das in einen Unfall mündete, der mir fast alles nahm. Fast alles und das sage ich nicht leichtfertig dahin. Solche Dinge würde ich nämlich niemals leichtfertig dahinsagen.

Kapitel 7 - Die Rückkehr

Diese Begegnung, mit der sich Lefuet in Erinnerung rief und mit der er sich rächte, führte mich über den Umweg der Unfallstation eines Krankenhauses ein weiteres Mal in die Psychiatrie.

Immer wieder empfing sie mich wie eine innerlich abwesende Mutter die einen nährt, ohne einen wirklich zu kennen, geschweige denn zu lieben.

Lefuet hatte ganze Arbeit geleistet, und er hatte - zunächst zumindest - das letzte Wort behalten.

Es ist mir auch heute nicht möglich darüber zu sprechen, unaussprechlich war sie, diese weitere Begegnung mit ihm. Sie hatte mit Hannah zu tun und mit Alfred und war so abscheulich und eines Menschen nicht würdig, so dass sie mich zu keinem anderen Entschluss kommen ließ, als zu dem, dass Lefuet würde sterben müssen. Dafür, und für all das davor.

Ich ließ mich selbst wieder in die Psychiatrie einweisen, um mich vor ihm zu schützen. Noch. Bald würde er sich vor mir schützen müssen. Doch es würde ihm nicht gelingen.

Aus meinem Traum, mit Hannah nach Südfrankreich zu

fahren, ist niemals etwas geworden. Auch mein Vorhaben, das unsägliche Leben Lefuets zu einem schnellen Ende zu bringen, konnte zunächst keine Früchte tragen. Ich musste mich gedulden. Die Zeit, sie war auf meiner Seite.

Ein Anwalt, der mich nach dem Unfall vertreten und mir eigentlich hätte helfen sollen, ließ gegenüber meinem Bruder verlauten, dass ich froh sein solle, dass ich nicht vor 1945 gelebt hätte.

Sonst, so meinte er trocken, hätte man mich „*den Kamin hochgejagt.*" Ich musste an meinen Vater denken.

Ja, die Zeit war wohl auf meiner Seite. Irgendwie. Und selbst Lefuet konnte mich nicht bekommen. Auch wenn er mir danach im Traum erschien und mich verhöhnte, weil er gar nicht der gewesen war, den ich zu sehen geglaubt hatte. Das passte zu ihm. Es passte zu den Zweifeln die er zu streuen gewohnt war. *Dubito ergo sum.* Und meine Träume begannen mich auszuhöhlen, sie begannen mich ganz leer zu machen und verzagt.

Kirchen hatte ich zu meiden begonnen, nachdem ich meinen Freund Alfred in einer solchen aufgebahrt gesehen hatte. Alfred, der einst vor reiner Vitalität strotzende Riese mit den dunklen, glänzenden Augen. Hier lag er nun, stumpf der Blick unter den geschlossenen Lidern. Klein geworden die weißen, kalten auf der Brust gefalteten Hände. Und doch wusste ich, dass das nicht so bleiben durfte, die Sache mit den Kirchen und mir. Waren sie doch alles, was mir noch blieb. Sie, die die Generationen überlebten, die ganze Zeitalter hinter sich gebracht hatten, ohne auch nur ein einziges Mal ins Wanken gekommen zu sein.

Kapitel 8 - Die Leiden der Leidenschaft

Das Leben ist ein Traum. Und die Träume sind Träume.
Da ich diesmal freiwillig in der Klinik war, durfte ich sie am Freitag über das Wochenende auf eigenen Wunsch hin verlassen.
Natürlich wollte ich zu meiner Hannah. Ich wollte sehen, was nach Lefuets Eingreifen, noch von uns übrig geblieben war. *Ob* noch etwas übrig geblieben war.
Mein Bruder fuhr mich zu ihr nach Nordrach. Doch sie war nicht mehr da. Ich erfuhr, dass ihr Verlobter sie gleich nach dem Unfall abgeholt hatte und dass sie nun bei ihm war. Diesen Weg hatte sie nun also gewählt. Zurück zu

dem weißhaarigen Mann der sie einsperrte und verunsicherte. Nach Lefuets Anschlag auf ihr Leben hingegen wunderte mich noch nicht einmal das. Hannah konnte froh sein, dass sie überhaupt noch auf dieser Welt weilen konnte. Noch heute überfällt mich das Grauen wenn ich daran denke mit welchem Vorhaben uns Lefuet für immer hatte auseinanderbringen wollen. Mein Bruder bot mir nun an, mich zu ihrer Heimatadresse zu fahren. Wir fuhren also weiter, bis wir bei ihrer Wohnung angelangten, und ich klingelte zaghaft und zitternd bei ihr. Ein nervöses Etwas war ich an jenem Tag, nicht viel mehr.

Ihr Verlobter rief sofort die Polizei. Ich hatte überhaupt nichts gemacht, nicht das Geringste. Nur höflich gefragt hatte ich nach ihr. Doch das interessiert niemanden, wenn in Erfahrung gebracht wird, dass man gerade aus der Psychiatrie kommt und wenn die eigene Verlobte vor Kurzem um ein Haar gestorben wäre, weil jemand an dem Auto, in dem sie mit mir unterwegs gewesen war, die Bremsschläuche durchtrennt hatte, und vor allem nicht wenn diese Frau hernach noch mit einem anonymen Drohbrief verleumdet und beschimpft worden war. Lefuet hatte die

Zeit dazu genutzt, in der ich mit eingegipsten und durchstochenen Armen im Krankenhaus gelegen hatte. Viele lange Wochen hatte ich in meinem Krankenhausbett Zeit gehabt, um Alfred zu betrauern, der es nicht geschafft hatte. Alfred hatte uns an dem Tag gefahren. Ich saß direkt hinter ihm auf dem Rücksitz, neben mir Hannah, die als einzige wie durch ein Wunder gänzlich unverletzt geblieben war. Alfred selbst war noch auf dem Weg ins Krankenhaus gestorben.

In der Nordracher Klinik, in der Hannah Patientin war, wurden lange polizeiliche Ermittlungen durchgeführt. Alle anderen Patienten wurden befragt. Man traute ihnen offenbar, allein schon dadurch, dass sie in dieser Klinik waren, so Einiges zu. In der Tat, es gab einen Patienten, *Reimar*, der bereits mehrfach dadurch aufgefallen war, dass er sich mit solchen Sabotagen an Fahrzeugen gebrüstet hatte. Doch diesmal schwieg Reimar nur, ganz und gar entrüstet. So glaubte auch ich nicht, dass er es gewesen sein konnte.

Vielmehr blieb meiner Ansicht nach nur Lefuet übrig. Die Polizisten baten um jeden, auch noch so kleinen Hinweis. Ich sagte ihnen also, wo, bei wem sie wirklich suchen

mussten, doch geglaubt hat man mir nicht. An die Staatsanwaltschaft schrieb ich daraufhin ebenfalls. Die Umstände der Brandstiftung beschrieb ich darin, den Zusammenhang mit dem Unfall stellte ich dar, und ich listete alle nötigen Informationen akribisch auf. Indes, auch dies verlief vollkommen ohne Ergebnis. Ein Schreiben erhielt ich immerhin, indem man mir jedoch nur mitteilte, dass das zu wenige Anhaltspunkte seien und dass die konkreten Beweise fehlten. Auch diesmal war Lefuet einfach so davongekommen. *Tout simplement.*
Und ich war es nun, den es zu meiden galt.
Ich, denn ich schien Unglück über die Menschen zu bringen. So zumindest sah dies wohl ihr Verlobter.
Oder aber er hatte Angst. Angst vor dem, was Hannah und mich verband. Schon zu der Zeit als sie und ich uns während unserer Zeit in Taizé so nahe gestanden hatten war sein Argwohn geweckt worden. Damals war sein Einfluss auf Hannah noch groß gewesen.
Doch nun war er sich da wohl nicht mehr ganz so sicher. Wohl vor allem deshalb hatte er die Polizei hinzugerufen. Von den Beamten wurde ich in die Psychiatrie zurückgebracht und blieb dort für weitere acht Wochen, bevor ich

wieder, so nach und nach, ganz langsam in das Leben da draußen zurückkehrte.

Die nächsten sieben Jahre waren schwer. Ich versuchte zögernd, tastend wieder Fuß zu fassen in meinem Leben.
Immer wieder tauchte dabei Hannah vor meinem inneren Auge auf.
Keine konnte mit ihr mithalten. Sie bevölkerte meine Gedanken bei Tag und in der Nacht. Auch wenn ich es nicht wollte: Sie war da.

Es gab nichts, was ich dagegen unternehmen konnte. Ich fühlte eine Verbindung zu ihr, die ständig fühlbar war.

Eines Tages dann rief sie mich an.

Als ich ihre Stimme hörte, musste ich mich setzen, und minutenlang konnte ich nichts sagen. Ich hörte sie atmen, und sie hörte mich.
Erst nach langer Zeit konnte ich meine eigene Stimme dazu bewegen etwas zu erwidern, etwas zu sagen. Hannah wollte mich sehen. Ich sagte einem Treffen zu, doch ich wusste noch nicht, wann ich mich stark genug dafür fühlte. Hannah war mittlerweile verheiratet, und ich hatte

Angst davor, dass es mir wehtun würde ihr zu begegnen. Also schob ich das Treffen auf. In meinem Kopf fuhr es eine wilde, alles überwältigende und Schwindel erregende Achterbahn, und ich wusste kaum noch, was ich tun sollte. So schob ich es also weiter auf und versuchte, in meinem Leben wieder Halt zu finden.

Nach Hannahs Anruf war es irgendwie aus den Fugen geraten, es gab keinen Halt mehr.

Kapitel 9 - Kein Anker in der Tiefe

Gerade verlor der Winter seine Kraft, da traf ich dann auf eine außerordentlich stark wirkende Frau, Vera-Maria Schönhuber, die mir, schon allein durch die Kraft ihres Namens, diesen Halt zu geben versprach.

Ich kannte sie noch aus der Schulzeit. Sie bediente auf einem Dorffest und die Art, wie sie mit all dem so beinahe spielerisch fertig wurde, beeindruckte mich. Bald sah ich nur noch sie im Raum; ihre Kraft und Vitalität waren beeindruckend und beruhigend zugleich. Ich hoffte in mir, dass sie das Heilmittel gegen Hannah, gegen mein Unglück sein könnte.

Zunächst war es schwer, sie davon zu überzeugen, mir ihre Telefonnummer zu geben. Doch schließlich gab sie sie mir doch. Sie war nicht sonderlich interessiert an neuen Männerbekanntschaften, denn sie war von einem recht plumpen Grobian geschieden und hatte einen kleinen Sohn, Victor. Ich denke, dass sie mich dann aber dennoch sehr bald mochte, zudem erinnerte sie sich ebenfalls an mich. Das war gut, denn sie war genau mein Typ. Sie war so fraulich mit einer ganz weiblichen, runden Figur und langen, dunklen Haaren

Wie ich ihrem Sohn Victor dann zum ersten Mal begegnete, werde ich nie vergessen. Gerade hatte ich an der Tür geklingelt, als der kleine Victor schon aufmachte, mich ganz keck ansah und sagte: *„Hallo Papa!"* Es hat sofort eine gute Art der positiven Verbindung zwischen uns gegeben. *Immediatement.*

So wurden Vera, Victor und ich ziemlich schnell zu einer Art Familie. Vera schien vor einfach gar nichts Angst zu haben. Ich verehrte diesen Mut, ihre Klugheit und Stärke. Victor, ihr Sohn, war ein wunderbarer kleiner Kerl, ein wahrer Goldschatz, *un Joyau* um genau zu sein. Von Anfang an erschien er mir wie ein eigener Sohn. Endlich hatte ich so etwas, das annähernd wie ein Zuhause wirkte, gefunden.

In diese Zeit fiel nun das Treffen mit Hannah.

Ich hatte nun genug Halt, um sie wiedersehen zu können, zumindest war ich mir in dieser Zeit sicher, dass es so war. In der ersten Sonne des Frühjahrs fuhr ich mit dem Auto also los, um Hannah zu besuchen. Gegen halb zwei Uhr mittags kam ich dort an. Hannah war immer noch so schön wie früher. Sie zu sehen brachte mich vollkommen durcheinander. Ins Schwanken brachte sie mich, so dass ich mich am Türrahmen meines Autos festkrallen musste. Ihre Kinder waren auch da. Der älteste Sohn war sieben Jahre, der Kleine war noch nicht einmal ganz drei Jahre alt. Ich mochte ihre Kinder gleich, und sie lächelten mich mit dem Lächeln ihrer Mutter an. Ein paar Stunden sprachen wir über alles Mögliche, dann fuhr ich wieder zurück. Von ihr wegzufahren brach mir fast den Geist, den Mut und das Herz.

Doch ich hatte etwas Neues. Ich hatte nun ein Zuhause, in das ich zurückkehren konnte.

Das hat mir selbstverständlich ganz außerordentlich geholfen. Ich wusste aber, dass ich sie vermissen würde.

Die Zeit und das Vertrauen waren nicht auf unserer Seite gewesen. Vor allem nicht nach dem Eingreifen von Lefuet.

Und jeder von uns hatte nun seine Familie.

Dann wurde Vera schwanger. Unsere Tochter war unterwegs zu uns - und doch bekam ich die Gedanken an Hannah nicht aus meinem Kopf.

An manchen Tagen jedoch wurde die Sehnsucht nach Hannah größer als ich selbst. An so einem Tag, etwa ein Jahr nach unserem letzten Treffen, setzte ich mich ins Auto und fuhr einfach zu ihr hin.

Vor der Tür stand ihr Mann. Ich fragte ihn, ob denn Hannah da sei. Vor Aufregung fiel es mir sogar schwer, ganz kurze Sätze zu bilden. Da ging er ins Haus um Hannah zu holen. Während sie heraustrat, trug sie auf ihrem Arm ein kleines Mädchen, gerade erst geboren. Sie sah genauso aus wie die Heiligenfigur aus dem Straßburger Münster. Doch dieses Neugeborene auf ihrem Arm – ohne dass es sprechen konnte, sagte es mir doch etwas. Es sagte mir, dass ich eigentlich woanders sein sollte. Tränen stiegen mir in die Augen. Ich setzte mich wieder ins Auto und fuhr nachhause. Als ich so zu Vera fuhr, dachte ich daran, dass auch auf mich so ein kleines Mädchen warten würde. Bald. Vera war schon hochschwanger. Und schließlich kam sie auf die Welt, meine, unsere Tochter Violette.

Es war für mich die erste glückliche Zeit, die ich nach Hannah überhaupt jemals gehabt hatte, doch Vera wirkte zunehmend bedrückt. Und so blieb nicht aus, dass wir uns fremd wurden. Auch dachte ich, dass die ganze Beziehung nicht fair war, von vorneherein nicht, da mein Herz innerlich noch so an Hannah hing. Ich habe es mir nicht ausgesucht, und ich habe sie nicht betrogen. Wahrscheinlich hat Vera das anders gesehen als ich. Sie sagte, dass ich nachts den Namen einer anderen Frau rufen würde. Natürlich musste ich gar nicht erst fragen, welcher Name das denn gewesen sein sollte. Es war ja klar. Dass ich noch so für Hannah empfand, sah sie sicherlich als Betrug. Oftmals trank ich nun, um den Schmerz nicht mehr so ungehemmt zu spüren. Es stellte die einzige, vorübergehende Erleichterung dar, die ich finden konnte, die einzige Pause von dem leeren Gefühl, welches immer wieder auftauchte. Das Gefühl, ohne Hannah zu sein. In vielen Tagträumen war sie bei mir, und selbst unsere Reise nach Südfrankreich erlebte ich auf diese Weise mit ihr. Ich fühlte sie, die

Sonne, und durch den Duft des Meeres sah ich auf den hellen Himmel, der sich über uns wölbte wie eine riesige, unerreichbare Decke.

Nackt waren wir und das salzige Wasser des Meeres behaftete uns, während wir am Strand auf und abliefen. Hannahs wasserglitzernde Arme, die sich in der Sonne bräunen, hielt ich fest, und ich sah sie in meinen Armen liegen. Vor meinem inneren Auge wurde dieser Urlaub zu einem ganzen Leben. In meinen Armen wurde Hannah alt – und ich mit ihr. Doch das Alter konnte ihr nichts anhaben. Im Gegenteil, schöner wurde sie mit jedem Tag unter der Sonne, unter dem Mond, am Meer oder in den ockerfarbenen Bergen der Umgebung.

So war sie ständig bei mir. Oft war ich gedanklich mehr in dieser Welt mit ihr als in der anderen.

Nur Violette und Victor, meine Kinder, vermochten mich wieder in ihre Welt zu bringen, in ihre und die von Vera, in die meiner eigenen, meiner *realen* Familie.

Doch meine innere Abwesenheit in solchen Momenten mit Hannah konnte ich natürlich nicht verbergen.

Das blieb nicht unbemerkt. Am Ende wurde Vera immer

abweisender, immer heftiger gegen mich und dann passierte das, was immer passiert, wenn die Menschen sonst keine Argumente mehr haben: Sie strich mir das mit der Psychiatrie *aufs Butterbrot*, wie man bei uns im Dorf sagt. *Toujours la même chose.* Das tun sie alle, wenn ihnen sonst nichts mehr einfällt. Damit wollen sie sagen: *„Und deswegen bin ich besser als du!"*

Es tat mir weh, dass das gerade von Vera kam. Doch ich denke, dass das auch ihre Absicht war. Sie kam nicht gegen Hannah an, und sie wollte mir wehtun. Ein wenig konnte ich sie sogar verstehen. An Lefuet konnte ich zu dieser Zeit nicht denken. Zu sehr waren all meine Gedanken gebunden und mit dem Überleben befasst. Gut sah es wahrlich nicht aus zu jener Zeit.

Lediglich Victor und Violette konnten meine Tage noch erhellen.

Nur sollte das nicht von langer Dauer sein.

Kapitel 10 – Die Tücken des Lebens

Nach einiger Zeit hatte Vera einen neuen Lebenspartner, einen schon etwas älteren Mann, der mir nie vorgestellt wurde. Bis dahin war es ganz selbstverständlich gewesen, dass ich jeden Tag bei ihr, Victor und Violette vorbeigekommen war, um alle zu sehen. Wir waren gar nicht so richtig getrennt; auf eine Art war es noch wie früher. Das änderte sich mit dem neuen Mann in ihrem Leben. Ich denke, dass sie sich gewünscht hat, dass dieser nun auch so etwas wie der Vater für meine Tochter Violette werden würde.

Und es kam mir so vor, als würde sie nach Gründen suchen, um mich endgültig aus ihrem, Violettes, Leben zu verdrängen und eine gänzlich neue Familie zu gründen, mit einem neuen Vater für Violette und Victor. Leider hatte sie Erfolg damit. Ich konnte Victor und Violette nicht mehr sehen, und auch nicht mehr beschützen, so wie ich das gern getan hätte.

Doch Schutz hätten sie gebraucht. Sehr sogar. Vor allem Violette. Aber das war nun nicht mehr möglich.

Es war in dem speziellen Augenblick für mich besiegelt gewesen, in dem der Richter, der später das Urteil gefällt hatte, wonach ich Violette zwei ganze Jahre nicht sehen sollte, noch vor der Verhandlung auf alle zukam und jedem die Hand reichte, außer mir. Er sprach mit elsässischem Einschlag, was mich alarmierte.

Kannte er Lefuet? Gewundert hätte es mich nicht. Doch selbst wenn nicht: Vermutlich stand in meiner Akte, dass ich in der Psychiatrie gewesen war. Da wusste ich, dass ich keine Chance hatte. Und Violette, leider, auch nicht.

Ich hätte sie beschützt. Doch ich durfte mich ihr nicht nähern. So geschah es, dass sich ihr jemand anders näherte. Jemand mit wahrlich bösen Absichten und jemand, den ich ohnehin vorhatte zu töten. Allerdings ohne zu wissen, dass es sich bei beiden Männern um ein und dieselbe Person handelte. Auf so etwas konnte man einfach nicht kommen! Heute noch denke ich daran, dass dieser Richter mich für einen unfähigen Vater hielt, weil ich in der Psychiatrie gewesen war. (An die Sache mit Lefuet und eine mögliche Verbindung - auch in dieser Angelegenheit - kann ich nicht nachdenken, ohne dass enorme Kopfschmerzen es mir gänzlich unmöglich machen, mich auch nur einen weiteren Augenblick mit der potentiellen Faktizität dieser Zusammenhänge zu befassen).

Rodrigue, ein früherer Mitpatient kam mir in dieser Zeit oft in den Sinn. Einmal hatte ich Rodrigue besucht, mit Violette auf dem Arm. Rodrigue war ein Langzeitpatient in der Psychiatrie. Ein Bär von einem Mann und oft sehr unruhig, seitdem seine Frau gestorben war.

Letztlich war er einer von denen, die schließlich, nach vielen Jahren in der Psychiatrie, auch dort verstorben waren. An dem Tag mit Violette stand er vor mir. Violette war damals noch ganz klein, vielleicht zwei Jahre alt. Aus einem Instinkt heraus gab ich sie Rodrigue auf den Arm. Er sah nun aus wie King Kong aus dem amerikanischen Film, als er das kleine Mädchen so voller Glück betrachtete und schließlich vor Freude weinte. Er hielt sie ganz unendlich sanft in seinen Armen. Die Zeit ohne Violette war wohl die schlimmste Zeit meines Lebens. Ohne sie und ohne Hannah zu sein, das war einfach zu viel des Elends. Ich war so vollkommen ohne Kraft und alles fiel mir elendiglich, auf krankhafte Weise schwer. Mir wurde vom Arzt mit eindringlicher Geste auch sprachlich recht penetrant (mit einigen Androhungen verbunden, falls ich seinem ärztlichen Rat nicht Folge leistete) nahegelegt, eine Berufsunfähigkeitsrente zu beantragen. Allein das Wort klang so absurd. Ich teilte es ab, nach allen Seiten. Sehr deutsch klang es. *Berufs/unfähigkeits/rente.*

Doch kam ich dem nichtsdestotrotz nach. Ich war einfach zu erschöpft, beinahe zu Tode erschöpft, klagsam und kraftlos.

Mein Vater, über den ich noch immer nicht sprechen konnte, zerrte zudem an mir, zerrte und zehrte. Und so fuhr mich mein Bruder nach Ravenne, in das psychiatrische Landeskrankenhaus das direkt an der Grenze zu Frankreich lag. Ich hätte wahrlich gerne weiter gearbeitet, schon allein um weniger nachdenken zu müssen, doch ich war dazu nicht in der Lage. Nur noch an Violette konnte ich denken und daran, dass ich nicht mehr bei meiner Tochter sein konnte. Einmal, das war kurz vor Ravenne gewesen, sah ich sie alleine im Sandkasten spielen. Sie saß da gedankenverloren mit ihrem blonden Haarschopf. Am liebsten wäre ich direkt zu ihr hingegangen. Ich vermisste sie so wie ich es nicht in Worte kleiden kann. Das tat direkt schon körperlich weh. Und doch konnte ich nicht zu ihr. Man hätte mir das sehr übel auslegen können. Wahrscheinlich wäre sie mir gefolgt, und dann hätte Vera etwas von Kindesentführung sagen können. Das konnte ich nicht riskieren. Denn dann würde ich Violette mit Sicherheit ganz verlieren, länger als die ohnehin schon so unnatürlich lang wirkenden zwei Jahre. Und so ging ich vorbei und Violette spielte leise weiter vor sich hin.

Es ist ganz unmöglich zu beschreiben, wie ich mich in diesem Moment gefühlt habe.

Doch, und das war ein Fehler: In der gleichen Nacht ging ich an der alten Wohnung vorbei und trat die Tür des Balkons ein. Ich war so unsagbar verzweifelt, und es zog mich dahin, wo meine Tochter Violette war. Natürlich weiß ich durchaus, dass das ein Fehler war.

Es war eine Verzweiflungstat, keine gute. Die Verzweiflung und die Sehnsucht nach meiner Violette, nach meiner ganzen Familie waren in diesem Moment einfach stärker als ich.

Vernunft zählte einfach nicht mehr. Manchmal war mir diese ganze Misere einfach zuviel. Nun hatte ich keine Familie mehr.

Mit meinem Einbruch in die alte Wohnung hatte ich es endgültig zerstört, das Vertrauen in mich und in die Welt. Keine Familie hatte ich also mehr - abgesehen von meiner Mutter, und meinem Bruder, der aber nicht unbedingt eine

Hilfe für mich war, ebenso wenig wie der recht kritische Blick meiner Mutter, der seit ihrer ersten Begegnung mit Hannah auf mir zu ruhen pflegte.

Nun, so ganz in der Summe gesehen war es tatsächlich zerbrochen. Dabei war es unerheblich geworden, dass der Blick, welchen ich meiner Mutter meinerseits zukommen ließ, während ich an Mael Lemaign dachte, nicht minder kritisch war.

Und in dieser Zerbrochenheit kam sie mir immer wieder ins Bewusstsein wie ein trauriger alter Schmerz, der in einem lebt.

Ich sah sie überall und ich träumte von ihr. An das Gefühl von Vertrautheit musste ich denken.

Dieses Gefühl, welches ich vom ersten Augenblick an bei ihr gehabt hatte. Niemals wieder war das bei einem anderen Menschen so gewesen. Ich vermisste Hannah, und das Gefühl, welches ich mit ihr verband einfach mit der so schmerzlichen Gewissheit unabwendbarer und vollkommener Hoffnungslosigkeit, was dies betraf.

Meine ursprüngliche Abneigung gegen Damen, die käuflich ihre Liebe darboten, hatte ich zwischenzeitlich überwunden, was wohl mit der Bekanntschaft zu Margerite zusammenhing, einer Frau die ich oftmals nur dafür bezahlte, dass sie mich gelegentlich nach Baden-Baden ins Spielcasino begleitete, wo mir das Spiel Zerstreuung bot. Unwiderstehlich sah sie aus mit ihrem kurzen Rock und den immerzu erdbeerfarbenen Blusen, über denen sie einen offenen, engen und langen Lackmantel trug. Und offenbar brachte sie mir – im Spiel zumindest – durchaus Glück.

Ersetzen konnte sie mir Hannah freilich nicht.
Selbst die offene Herzhaftigkeit ihres Lachens vermochte dies nicht einmal im Ansatz zu erreichen, was mir oftmals so jäh ins Bewusstsein schoss wie ein alter, längst vergangen geglaubter Schmerz.
Dann, als hätte sich etwas dazu entschlossen, alles noch schlimmer werden zu lassen, erreichte mich die entsetzliche, die unfassbare Nachricht von Hannahs Tod.
Wie Lefuets Mutter Anouk war sie gestorben, nur war es ein anderes Gift gewesen, das sie getötet hatte.
Eines, das sich weitaus besser nachweisen ließ als das so flüchtige *Ricinus communis,* wie mir später zu Ohren gekommen war.

Im Brief, den sie mir hinterließ, begann sie mit einem Rilke-Zitat. Rilke, den sie ebenso gerne gelesen hatte wie ich. *„Ach, in den Armen hab ich sie alle verloren, du nur, du wirst immer wieder geboren: weil ich niemals dich anhielt, halt ich dich fest."* Darunter hatte sie etwas gezeichnet, etwas wie ein Kreuz und sie bat mich darum, ihr diesen Schritt jetzt zu verzeihen und auch, dass ihr zeitlebens einfach der Mut gefehlt habe mich wirklich festzuhalten und von mir festgehalten zu werden. Nicht nur als eine Idee, vielmehr als ein Mensch. Doch eben diesem Menschen, ihr selbst, habe der Mut leider immer gefehlt. Der Mut, und, vor allem eben wohl auch das Vertrauen in sich selbst. Mit H. hatte sie unterzeichnet, so als hätte auch hier die Courage sie verlassen und der Zweifel sie dazu veranlasst, ihren eigenen Namen nicht in voller Pracht zu entfalten. Das H. zog sich zurück, nahm sich selbst aus dem Leben heraus, löschte die Buchstaben in umgekehrter Reihenfolge, falsch herum. Alles falsch herum und zu spät. Für immer zu spät. Lefuet hatte auch dies auf dem Gewissen. *Auch dies.* Es musste seine Schuld sein. Dinge die sinnlos erscheinen, müssen immer die Schuld von jemandem sein.

Die Nächte waren nun geprägt von schlimmen Träumen, die sich wie böse Vorahnungen vor mir auftürmten. Menschen, von denen ich träumte, drehten sich von mir weg. Wenn ich versuchte sie zu berühren, lösten sie sich in Millionen kleiner Sandkörner auf.

Und die Sterne, ja, sie fielen vom Himmel und hinterließen dort, wo sie nun nicht mehr waren, eine undurchdringbare Schwärze. Allein blieb ich zurück. Und dann kamen andere, die mich verfolgten, Drachen und irgendwelche Ungeheuer und das Bild meines unsäglichen Vaters. Der heilige Michael kam nicht mehr gegen sie an und die Heiligenfiguren aus dem Straßburger Münster zerfielen zu Staub.

Selbst die Hemmungslosigkeit in Margaretes Lachen war verstummt. Allein war ich an den Tagen, und allein war ich in den Nächten. Die wilden Träume ließen mich immer wieder aufschrecken, und bald war es mir kaum noch möglich, einen ruhigen Schlaf zu finden. Tagsüber war ich so müde, dass sich mein Körper so anfühlte als sei er aus einem fremdartigen Material und meine Augen brannten von den durchwachten Nächten in denen ich wieder einmal Ausschau nach den Sternen hielt um innerlich bebend in Erfahrung zu bringen, ob sie bereits *alle* vom Himmel gefallen waren.

Soweit ich es zu beurteilen vermochte waren noch einige da. *Après tout.*

Doch was beinahe niemand weiß: Man darf die anderen, jene, die es nicht geschafft haben am Himmel zu verweilen, nicht einfach liegenlassen.

Aufheben muss man sie und mit sich tragen.

Für immer mit sich tragen. Hannahs Beerdigung sah ich nur von weitem und wie hinter einem Schleier. Ihren Mann sah ich, die jüngere Schwester und ihre Kinder, den Sarg und Blumen. Sehr viele Blumen. Schwarze Kleidung. Und Kränze. So viele, dass ich ganz müde wurde sie so zu betrachten. Ich sah wie Menschen miteinander sprachen. Ihre Lippen bewegten sich, doch ich vernahm die Worte nicht. Ich sah ihre Tränen, die sich zuweilen rot zu färben schienen. Doch dies wird wohl eine Täuschung gewesen sein, welche mit meinen heftigen Kopfschmerzen an jenem Tage zusammenhängen mochte. Auf dem Rückweg besuchte ich meine Mutter. Sie sagte dieses Wort im Zusammenhang mit Hannah. *Labil*, sagte sie nur kopfschüttelnd. *Labil.*

Mein Bruder, der auch da war, schwieg dazu. Doch als ich mir einen Kaffee einschenkte, bemerkte ich, wie sie bedeutende Blicke untereinander tauschten.

Da wusste ich, dass ich sie beide nicht mehr wieder sehen wollte. Doch vorher, nun, da es nichts mehr zu verlieren gab, riss ich die alte Photographie meines Vaters vom Regal, zertrat mit den Absätzen meiner schwarzen Beerdigungsschuhe das Glas, welches sie vor der Zeit zu schützen gesucht hatte, und mit den scharfen Ecken des zerbrochenen Glases ritzte und riss ich das Bild unter lautem Protest meiner Mutter bis zur Unkenntlichkeit entzwei. Dann, schreiend, ich weiß es noch, überschüttete ich meinen Bruder mit der Wahrheit über meinen Vater, ebenso wie man einen Eimer Pech nur über jemandem auszuschütten vermag, von dem es einem egal ist, ob er damit wird leben können oder nicht. Meine Mutter kreischte, dass das nichts sei als eine Verleumdung, eine Verwechslung allenfalls. Ihr Mael wäre nicht so einer gewesen. Niemals! Vertrieben hätten sie ihn. Alle miteinander. Sensibel sei er gewesen, ihr Mael. Aber nicht labil, sensibel eben. Sie sah da wohl einen eklatanten Unterschied. Als ob das einen Unterschied machen könnte.

Warum auch? Waren es nicht zwei Seiten einer Medaille, so wie bei Frau Dr. Sternad? War das nicht immer so? Meine Mutter ereiferte sich weiter. Über die Ungerechtigkeit der Welt. Und über all dieses Gerede. Dies hätte es doch nur gegeben weil er nicht hier vom Ort gewesen war. Lügen seien das gewesen, nichts weiter. Und vertrieben hätten sie ihn damit. Dorthin wo der Pfeffer wächst. Weinend rettete sie die Blumen aus der Pfütze, welche die zerbrochene Vase ihnen zugedacht hatte. Frederic wurde unheimlich ruhig und blass, ich wiederum krachte in mich selbst hinein wie ein aus der Bahn geworfener Himmelskörper. Meine Hände bluteten von den spitzen, scharfen Kanten des zerbrochenen Glases, dann brach mein Kreislauf zusammen. Auf dem Boden fand ich mich wieder. Meine Hand schmerzte und mein Arm, da ich mit meinem gesamten Gewicht auf ihn gefallen war. Ein dumpfes Klopfen und Pochen zog sich wie durch ein geheimes Band verbunden von oben nach unten durch meinen gesamten Körper hindurch.

In meiner Erschöpfung ließ ich mich freiwillig erneut in die Ravenner Klinik einweisen. Diesmal fuhr ich selbst hin.

Mit bandagierten Händen, doch entschlossen, nie wieder ein Mitglied meiner alten Familie um etwas zu bitten. Was ich von Mael halten sollte, wusste ich nicht. Er war angeblich seit Jahren tot. Verschollen, und dann, nach Einhaltung einer gewissen Frist, offiziell für tot erklärt, wenngleich ich hätte beschwören können, kurz vor Hannahs Tod, während einer meiner familiären Besuche eine Postkarte aus Madagaskar mit nicht allzu altem Stempel und seiner Unterschrift in der unteren Schublade der Küchenkommode gesehen zu haben.

Ich konnte mich daran erinnern, wie ich zunächst in den Garten gelaufen war.

Wie ich dort lange mit mir gerungen hatte um zurückzugehen und nachzusehen, und wie ich schließlich enttäuscht und erleichtert zugleich feststellte, dass da keine Karte war, lediglich Rezepte zum Einkochen unterschiedlichen Stein-obstes. Vor Erleichterung liefen mir die Tränen über die Wangen. Ob die eine oder andere Träne des Zorns ebenfalls mit dabei war, werde ich an dieser Stelle nicht beantworten können. Naheliegend war es zumindest.

Doch kann es gut sein, dass mich meine Erinnerung hier zum Narren hält.

Und selbst wenn nicht – *Madagaskar*. Wie sollte ich dort jemanden finden der nicht gefunden werden wollte? Unmöglich also ihn zu befragen. Was war wahr an dem, was man ihm vorwarf? Oder stimmte die Version meiner Mutter? Immerhin hatte ich sie überwiegend als eine ehrliche Frau erlebt. So Geradeheraus, dass es fast immer an Unhöflichkeit grenzte. Nichts an ihr erschien auch nur diplomatisch – geschweige denn hinten herum, verdeckt oder versteckt. Da war er also wieder. Der Zweifel. Doch übertroffen wurde er, zumindest an diesem Tag, von meiner zerschundenen Hand, von meinem Schmerz, dem immer noch dumpfen, pochenden und klopfenden Schmerz.

Der Schmerz in meiner Hand, in meinem Arm erinnerte mich mit einem Mal an den Schmerz, den er mir durch seine reine Existenz zugefügt hatte - unschuldig oder nicht. Und so begann ich nicht mehr an ihn zu denken.

Ich kam, da ich mich freiwillig hatte einweisen lassen, auf eine offene Station. Und dort wartete eine wahrlich böse Überraschung auf mich, die so unwahrscheinlich erschien, dass ich mir wohl selbst nicht geglaubt hätte, hätte ich es nicht mit eigenen Augen gesehen – hätte ich es nicht *erlebt*.

Kapitel 11 - Die heilige Kraft der Welt

Es gibt so ein Sprichwort, welches besagt, dass man sich im Leben mehr als einmal trifft.

Wen ich in Ravenne traf, das erscheint mir selbst heute noch vollkommen surreal.

Und doch war es so: In Ravenne kreuzte ausgerechnet Khimère Lefuet, den ich mir schon seit langem mehrfach und inbrünstig geschworen hatte umzubringen, meinen Lebensweg erneut.

Ich erinnerte mich daran, dass Lefuet gelernter Psychiatriepfleger war, und nun hatte es die Fügung oder auch der Zufall gewollt, dass er und ich uns noch einmal begegnen sollten. Einmal beobachtete ich, wie er sich mit seinem verkrüppelten Arm Zigaretten drehte. Er machte das geschickt, so leicht nach vorne übergebeugt, damit das mit seinem Arm nicht so auffiel. Aber ich sah es natürlich sofort. Früher, bevor Lefuet die Firma *completement* vor die Wand gefahren hatte, hatte er immer die teuersten Filterzigaretten und Zigarren geraucht. Nun, mit dem eher kärglichen Verdienst des stationären Krankenpflegers, war das nun wohl keine Option mehr für ihn. Als ich ihn ansprach und ihn fragte, ob er sich nun keine richtigen

Zigaretten mehr leisten könne, gab er mir keine Antwort. Vielmehr wollte er wissen, ob ich mich für Gott hielte und ob ich nicht wüsste, dass *er* Gott sei.

Dann sagte er, dass mein so überaus schönes Frauchen, *la petite femme*, ja jetzt nun wohl doch drauf gegangen sei, ganz und gar *perdue*.

Er schnalzte mit der Zunge und schüttelte mit gespieltem Bedauern den Kopf. Den Unfall damals habe sie ja immerhin noch überlebt, fügte er, noch immer kopfschüttelnd, hinzu.

Ich musste mit mir selbst ringen um ihm nicht auf der Stelle den Schädel zu zertrümmern – doch letztlich strafte ich ihn mit Schweigen. Lefuet war nicht auf meiner Station, sondern vielmehr in der geschlossenen Abteilung tätig. Das war mein Glück. Wäre ich in einer Station mit ihm gewesen, hätte es kein Entrinnen vor ihm gegeben. Doch so war ich auf der sicheren Seite. Umso alarmierter war ich, als einer der Ärzte mich plötzlich, zusätzlich zu meiner behandelnden Ärztin, sehen und mir ein zusätzliches Medikament geben wollte. Er behauptete mich neulich gesehen zu haben, während ich mich, offenbar halluzinierend, mit jemandem unterhalten hätte, der gar nicht da gewesen sei. Dagegen war schwer etwas anzubringen. Wenn ein diensthabender Arzt so etwas behauptete, dann kam kein Patient dagegen an. Das lag in der Natur der Sache.

Meine Ärztin hatte mir bereits unterschiedliche Tabletten und allerlei Tropfen verschrieben, die ich regelmäßig genommen hatte. Es leuchtete mir nicht ein, was dieser Arzt eigentlich wollte.

Seine Attitüde, die ganze Art, wie er mich behandelte, war äußerst herablassend, betont beiläufig und zudem noch ausgesprochen provokant. Etwas, auf das ich normalerweise überhaupt gar nicht gut zu sprechen bin. *Pas du tout.* Doch ließ ich mich nicht beirren. Es kam mir so vor, als wollte er mich bewusst außer Gefecht setzen mit der Behauptung über mich und mit diesem mysteriösen neuen, zusätzlichen Medikament, so dass ich im Endeffekt doch noch auf die geschlossene Abteilung, zu Lefuet, geschickt würde. Aber ich sprach nicht darüber. Niemand hier kannte das, was mich mit Khimère Lefuet verband. Niemand würde mir also glauben, dass Lefuet es schon immer verstanden hatte, Menschen für sich zu nutzen. Wer wusste schon, welche Rechnung er mit diesem Arzt noch offen hatte, und welchen Gefallen dieser ihm schuldete.

Nichts hätte Lefuet jemals stärker in seinem Machthunger befriedigt, als wenn ich tatsächlich in der geschlossenen Station gelandet wäre; dort, wo er als Pfleger das heimliche Sagen hatte.

Doch soweit durfte ich es keinesfalls kommen lassen. Aus diesen Fängen wäre ich nie wieder entkommen. Soviel stand fest.

Und wer hätte ihn dann töten sollen? Solche Arbeit muss in der der Regel selbst erledigen. Daran zumindest konnte es keinen Zweifel geben. Ich musste also durchhalten.

Nach außen hin tat ich daher so, als leistete ich den Anordnungen des Arztes Folge.

Widerstand hätte nur schlimmere Folgen nach sich gezogen. Wer seine Tabletten nicht nahm, der bekam Spritzen, da wurde nicht lange gefackelt. Die Chemie musste stimmen, und zur Not mit Gewalt.

Gegen diese Spritzen konnte man dann rein gar nichts mehr unternehmen, man hatte verloren.

Sie benebelten den Geist und den Verstand und machten einen gänzlich hilflos. Willenlos und unfähig, für sich selbst zu sorgen. Ich gab also vor, diese zusätzlichen Tabletten ganz vorschriftsgemäß einzunehmen.

In Wahrheit behielt ich sie so lange im Mund, bis niemand mehr hinsah, dann spuckte ich sie wieder aus und warf sie weg. Niemand konnte mir etwas nachweisen, und so schaffte ich es, in dieser alles entscheidenden zweiten Ravenne-Zeit meine Sinne beisammen zu halten. Das war auch nötig, denn zu nahe war ich dran an der Gefahr, hinter den Mauern der Geschlossenen und bei Lefuet zu landen. Ein Pfleger auf meiner Station wollte mich zudem ebenfalls ständig mit allerlei tumbem, ausgesprochen sinnlosem Gerede provozieren. Wäre ich darauf eingegangen, dann wäre es das auch gewesen für mich.

Doch ich ignorierte ihn konsequent und ging ihm immerzu aus dem Weg. Das war die richtige Vorgehensweise gewesen, und ich muss eingestehen, dass meine innere Beherrschtheit mich nachträglich noch ein wenig stolz machte. Ich konnte die Klinik somit nach ein paar Wochen als freier Mann verlassen, und ich war Lefuet durch die Fänge, durch die pechverklebten Köder gegangen.

Da ich dem trügerischen Frieden jedoch noch immer nicht trauen konnte, flüchtete ich heimlich aus der Klinik.

Es war eine reine Vorsichtsmaßnahme, doch konnte ich mir kein Aufgeben der Deckung leisten. Lefuet war noch immer in der Nähe.

In der Nacht vor meiner Flucht träumte ich von Schuhen. Es waren ganze Berge von Schuhen, so unfassbar viele Schuhe und jemand wollte, dass ich sie nacheinander anzöge um in ihnen zu laufen.

Dieser jemand, der mir selbst im Traum sein Gesicht nicht offenbaren wollte, verriet mir, dass es sich bei diesem unendlichen Berg von Schuhen um nichts Geringeres handelte, als um die Schuhe der Welt.

Die Schuhe der Welt. Die traurigen, die heiteren und die schmutzigen Schuhe der Welt. Ich tat, wie mir geheißen, und ich begann die Welt zu durchlaufen, die Welt in allen Schuhen die darin jemals den Boden berührten. Den heißen, rissigen, kalten oder schmutzigen Boden. Und während meine Füße schmerzten in all den unpassenden Schuhen auf all den unwirtlichem Böden dieser Welt, so entwich dieser Schmerz nicht wieder, er beugte sich der Gewöhnung nicht, und so wuchs er zu etwas vollkommen Unerträglichem an. Die Schuhe des Fischers Petrus trug ich, die des Gekreuzigten und die Schuhe derer, die das

Kreuz gezimmert hatten. Ich trug die Schuhe von Ermordeten, die man auch dort auf einen Haufen geworfen hatte.

In den Traum hinein gellte die Stimme meiner Mutter, sie schrie etwas von Verwechslung, von Verleumdung und davon, dass man ihr nicht das richtige paar Schuhe mitgegeben habe. *„Wo sind meine Schuhe? Das sind nicht meine Schuhe!"* Dabei griff sie wahllos in den Berg der Schuhe hinein und bewarf mich mit ihnen. Sie trafen mich überall, schließlich bedeckten sie meinen Körper.

Die Last der Schuhe wurde nun unerträglich. Es gelang mir irgendwie unter dem Berg von Schuhen herauszukriechen, doch nur, um dann wieder die Last der Schuhe an meinen Füßen zu spüren. Ein einziges Paar nur noch, doch dieses Paar brannte unendlich an meinen Füßen. Tränen schossen mir aus den Augen. Die Stimme meiner Mutter trat zurück, meine eigene schwoll an.

„Bitte, ich möchte die Schuhe nicht mehr tragen! Bitte, verdammt, lasst mich barfuß laufen. Ich verspreche…"
Was ich in meinem Traum versprach weiß ich nicht mehr, denn ich wachte auf dem hellen, sterilen Boden vor meinem Bett und mit tränenüberströmtem Gesicht auf.

Das war in der Woche bevor ich nach Straßburg zurückkehrte und in der Woche, in der ich Lefuet dort traf.

Ich wusste, dass er mir folgen würde und so hatte ich, der Gejagte, das Geschick gegen den Jäger gewandt.

Bevor er mich wahrnahm, sah ich ihn bereits seit ein paar Minuten, in denen ich ihn beobachtete.

Gerade war er im Begriff, das Münster zu umkreisen mit seinen Blicken, so wie er es auch vor unserer ersten Begegnung getan hatte.

Das Münster, ich hatte gewusst, dass er dort sein würde.

Endlich tat ich, was ich bereits die ganze Zeit hätte tun sollen.

Zunächst passte ich ihn ab. Kurz fuhr er zusammen als er mich sah, doch erstaunlich schnell wieder fing er sich.

Und dann tat ich, was ich tun musste. Für Alfred, für Hannah, für alle anderen und für mich.

Letztlich sogar für ihn. Für Lefuet selbst.

Ich tötete ihn. Nicht sofort natürlich. Zu viele Menschen sind dort, wo das Münster ist. Obwohl, auch das ist eine Tatsache, sie sehen sowieso nicht hin. Sie sehen niemals hin. Letztlich interessiert sich niemand wirklich für den anderen. Dennoch.

Zur Sicherheit wählte ich einen ruhigeren Ort, zu dem er mir folgte, ohne Fragen zu stellen.

Ruhig waren unsere allerletzten gemeinsamen Minuten. Er wehrte sich nicht. Vielmehr schien er erleichtert darüber zu sein, dass ich ihm diese unehrenhafte Arbeit abgenommen hatte. Ein Mensch wie Lefuet ließ sich alles abnehmen. Auch das. Ganz offensichtlich.

Zunächst verwundete ich ihn mit einem schweren Stein an der Schläfe. Noch jedoch war er bei Bewusstsein.

Die weiteren, banalen Einzelheiten, ich möchte das nicht verschweigen, waren keinesfalls erwähnenswert. Ein Röcheln, ein leises Husten, das Schnappen nach Luft und schließlich ein Seufzen waren alles, was ich von Lefuet an diesem Tag noch zu hören bekam.

Dann war es vorbei. Es war beinahe lächerlich einfach gewesen, obgleich ich einräumen muss, dass mir dennoch Schweißperlen in die Augen gelaufen waren und mir den Blick ein wenig trübten.

Sicherlich hatte mir die Tatsache, dass Lefuet sich nicht zur Wehr gesetzt hatte dabei geholfen. Doch glauben Sie mir, verehrter Leser. Einen Mord zu begehen ist niemals einfach. Dinge wie Wehr und Gegenwehr spielen da nur eine eher untergeordnete Rolle. Größere Mächte sind es, die es da zu überwinden gilt. Hemmungen und Vorstellungen von Werten. All dies floss mit in meine Hände, die sich angeschickt hatten das Leben eines anderen zu beenden. Ein böses Leben war es gewesen, das räume ich ein. Und dennoch war es ein Leben gewesen. Ein Leben, nicht wahr? Und nun war es vorüber. Vorüber in all seiner Abscheulichkeit klopfte das warme Herz nicht mehr, welches nur metaphorisch gesprochen zu Lebens-zeiten voller Kälte war. Leiblich gesprochen war es warm, ebenso warm und pulsierend, von klebrigem und nach Eisen riechenden Blut umgeben wie jedes andere Herz in jeder anderen Brust. Die Nordrach kam mir in den Sinn, das Schreien der geschlachteten Tiere, das Blut, welches man an manchen Tagen in der Nordrach sah und roch.

Und so wie das Blut der Tiere sich mit dem Wasser der Nordrach vereint hatten, so vereinte sich das Blut Lefuets mit dem Wasser der Ill. Ja, anstrengend war es dennoch gewesen. Auf andere Art, und dennoch minderte dies die Anstrengung um nichts. Was ich eingespart hatte, durch das Ausbleiben Lefuets Gegenwehr- bezahlt hatte ich am Ende doch den vollen Preis.

Hernach saß ich im Straßburger Münster unter der Hannah-Figur und zerriss die Visitenkarte, die er mir einst gegeben hatte, und deren Schrift nun vollends verblasst war, so dass nichts mehr darauf zu erkennen war, nichts als die Boshaftigkeit, die von Lefuets Händen auf sie übergegangen war. Ich zerriss sie in viele kleine Stückchen. Eine hohe weiße Kerze hatte ich auch angezündet, von meinem letzten Geld. Wieder war es eine der besonderen Kerzen, der Marienkerzen. Ich konnte nun ja jeden Beistand gebrauchen. Und ich wartete auf die Polizei. Niemand kam. Lange betete ich an diesem Tag zur steinernen Hannah gewandt – und doch für mich.

Heiliger Erzengel Michael, verteidige uns im Kampfe; gegen die Bosheit und die Nachstellungen des Teufels sei unser Schutz!

Beim Aufstehen fielen mir die Papierstückchen aus dem Schoß und fielen wie gierige, böse Samen auf den Boden des Münsters.

Doch machte ich mir hierüber keine Sorgen. In der Cathédrale Notre Dame konnten solche Samen nicht wachsen, nicht gedeihen denn keinen fruchtbaren Grund bot sie einem solchen Anliegen.

Auf die Cathédrale immerhin war jederzeit Verlass.

In den Tagen und Wochen danach hörte ich die Lokalsender des Radios, las jede Zeitung die mir in die Hände geriet, ich überprüfte jede Meldung um herauszufinden, ob jemandem die Leiche des Khimère Lefuet bereits in die Hände gefallen sei.

Doch keine einzige, nicht einmal eine beiläufige Nachricht darüber. Niemandem schien er auch nur annähernd so viel Wert zu sein um auch nur einen Fünfzeiler über sein Ableben zu drucken. Ich kann nicht sagen warum, doch das erzürnte mich zutiefst. Am frühen Abend des 15. Juli, nachdem aus dieser Empörung heraus ein Plan in mir gereift war, schrieb ich eine letzte Postkarte an Victor und Violette (sie zeigte ein Storchennest auf einem der so malerisch wirkenden elsässischen Fachwerkhäuser) und kaufte mir an-schließend ein Croissant in einer kleinen Bäckerei in einer Seitengasse die nahe am *Place Kleber* gelegen war.

Die Verkäuferin gab es mir nur zögernd, als wüsste sie Bescheid. Ihr hübsches Gesicht sah aus wie milchiges Porzellan, welches von einem ungeübten Glasmaler an der Oberfläche jedoch ein wenig zu ausgiebig mit der Farbe

Rosé in ein recht unnatürliches Glühen versetzt worden war.

Mit etwas Wasser aus meiner Reiseflasche aß ich das Gebäck, sehr langsam. Die Krümel überließ ich den Tauben, obgleich Schilder in mehreren Sprachen mich dazu aufforderten, dies zu unterlassen.

Don´t feed the birds. Prière de ne pas nourrir les oiseaux. Bitte die Tauben nicht füttern. Die englische Sprache war zu gleichgültig, in einer nachlässigen Weise zu pragmatisch um wirklich herauszustellen, dass nicht etwa alle Vögel gemeint waren, sondern lediglich die Tauben.

Das Französische wiederum war viel zu höflich, zu feingeistig und zu diplomatisch für eine solch rüde Unterscheidung.

Nur im Deutschen wurde in deutlicher Brutalität und innerer Klarheit darauf hingewiesen, und es wurde unmissverständlich ausgeschlossen.

Isoliert von den anderen Vögeln standen sie hier nun in nackter und grauer Eindeutigkeit, sofern Eindeutigkeit vermag *grau* zu sein: Die Tauben.

Lediglich das Wort „*bitte*" verschleierte den Befehl und gab vor, *lediglich* eine Bitte zu äußern. Doch so war es nicht.

Man bat nicht nur, auch eine nicht unerhebliche Geldstrafe wurde hernach in Aussicht gestellt. Mich konnte das jedenfalls nicht mehr treffen. Zu kurz wäre meine noch verbleibende Zeit in dieser Stadt. Meine vorletzte Station war erneut das Münster, der Platz bei meiner steinernen Hannah.
Rücksichtsvoll schweigend betrachtete sie mich mit ihrem so himmlischen, ernsten Gesicht.
Ich erzählte ihr leise, warum ich nicht mehr wiederkommen würde.
Sie nahm es hin. Stoisch. Nichts anderes hätte ich von ihr erwartet, und niemandem außer ihr hätte ich es anvertraut. Es ging keinen sonst etwas an. Neben mir betete eine weinende Frau. Touristen ignorierten sie beklommen oder gaben dies zumindest vor, die Ignoranz oder die Beklommenheit.
Und ausschließlich die heilige Hannah verstand einen auch dann noch, wenn man nur noch flüstern konnte.
Natürlich darf man in der Cathédrale Notre Dame nur gedämpft sprechen, was eine Frage des Respekts ist.
Niemand versteht das besser als ich.
Langsam nahm ich die letzten Eindrücke der Stadt mit mir, während ich mich in Richtung Kanal bewegte.

Viele Gedanken waren da in meinem Kopf. Laut waren sie und unangenehm.

Was du einem anderen getan hast, das hast du mir getan.
Oder so ähnlich. Wo endete das? Und wo endete der andere? Endete er überhaupt jemals? Endete *es* jemals? Doch dann wurde alles ruhig.

Mein Traum fiel mir ein, und die glühenden Wangen der Verkäuferin aus der Bäckerei in der Seitengasse, welche zum Place Kleber hinführte.

Die letzten Meter ging ich barfuß. Das Pflaster schluckte jeden Laut, den meine traurigen Füße noch zu verursachen wagten.

Die abgetragenen Sandalen legte ich unter eine Parkbank. Niemand beachtete mich. Langsam stieg ich in die Ill.

Es war die Stelle, an der ich Lefuet mit einem Backstein am Kopf verletzt und später ins Wasser gestoßen hatte.

Insgesamt roch es ein wenig brackig. Dennoch. Ich würde ihn suchen, soviel war sicher.

Das musste ich tun. Eine Frage des Respekts und der Menschlichkeit. Zurück kehrte ich nicht.

Zumindest nicht dorthin, wo man mich vermutet hätte.

Doch die Rhône hinunter, in Richtung der französischen Südküste wurde zwischen *Aigues Mortes* und dem *Canal du Midi* ein etwas zerlumpter Mann mit verfilzten Haaren, einem recht merkwürdigen Gebaren und gänzlich ohne Schuhe gesichtet. Ein Verrückter, so wurde vermutet, oder gar ein *Eremit.* Man konnte nicht genau einordnen, was er tat, denn der Hauptteil seiner Aktivitäten entfiel auf die Nachtstunden. *Seulement une vielle dame,* eine alte Witwe, die bereits einiges gesehen hatte, schwor bei der Heiligen Jungfrau, dass er Sterne vom Boden aufsammeln würde, wenn er nicht gerade eine zerquollene Wasserleiche bestattete, so wie dies unlängst eben bei *Aigues Mortes* geschehen war. Eine vermutlich männliche Leiche in einem feinen, aus gutem Material gehaltenen Mantel, den das Wasser gebläht habe wie eine vorbeiziehende, vom Regen geschwängerte Wolke.

Doch weitaus wichtiger, dies versicherte sie glaubhaft, sei selbstredend die Sache mit den Sternen.

Man glaubte ihr nicht und vermutete, dass das Alter ihren Verstand bereits umwölkt habe. Indes - das war nicht der Fall.

Niemals, das hoffe ich, ist Ihnen im Gedächtnis geblieben, darf man sich mit dem ersten Anschein zufrieden geben. *En aucun cas,* also wirklich niemals.

Die ausgesprochen resolute alte Dame, die sich noch nie vor den Menschen und ihren Angewohnheiten gefürchtet hatte, dachte gar nicht daran, sich in solch fragwürdiges

Licht stellen zu lassen und fuhr nun umso unbändiger damit fort, die Sache mit den Sternen weiterzuerzählen.

Über den Toten begann sie hingegen zu schweigen. So wollte sie den Eremiten, der ihr ohnehin so glücklos erschien, nicht in noch größere Schwierigkeiten bringen.

Der Eremit, der noch einen recht langen Weg zurückzulegen hatte (immerhin fielen die Sterne, die er sehr zuverlässig zu sammeln pflegte, ja nicht immerzu auf den gleichen Boden), durchwanderte derweil recht gemächlich den milden Südwesten Frankreichs, die raueren Hochlagen Andorras, hernach die spanische Mittelmeer-küste über Elche und die Alhambra bis hin zur Straße von Gibraltar, die er ausnahmsweise, und nur unter innerem Protest und großem Vorbehalt auf dem Wasserwege zurücklegte, und die ihn so bis nach Tanger führte.Er pausierte längere Zeit in Marrakesch, um dann ganz Marokko hinter sich zu lassen, durchquerte schließlich das Atlas-Gebirge der Kabylei und weite Teile der Algerischen Wüste.

Durch die Cyrenaika gelangte er an der Oase Siwa vorbei, den Nil entlang durch das Tal der Könige bis hin zu den großen Seen.

Sein nächstes Ziel waren die Komoren im Indischen Ozean, von da aus zog es ihn nach einem der nicht allzu weit entfernen großen Inselstaaten, einer zudem ehemals französischen Kolonie, denn auch dort sollte in absehbarer Zeit einer der Sterne landen, die er auf seinem Weg aufsammelte.

Noch war er weit davon entfernt, die Zuversicht jedoch, rechtzeitig vor Ort zu sein, ließ ihn weiterziehen.

Verschiedene, manchmal erstaunlich abwegige Gerüchte über den Eremiten zogen mit ihm vorbei wie die Flüsse, die, waren sehr erst einmal im Ozean gemündet, nicht mehr wussten, was sie da denn eigentlich mit sich getragen hatten.

Einmal wurde gar behauptet, dass sein linker Arm ein wenig herunterhing. Nicht mehr als ein dünner, ver-dorrter Ast. Doch das, ich versichere ich Ihnen, kann nichts weiter als eine besonders trügerische und tückische Sinnes-täuschung gewesen sein.

Ich kann Ihnen mit Sicherheit sagen, denn ich bin es, um den es geht, dass man zum Aufheben der vom Himmel gefallenen Sterne *beide Hände* benötigt.

Und bedenken Sie, welcher Kraft es bedarf, die gefallenen Sterne für immer bei sich zu tragen, auch jene, die noch dazukommen werden.

So mag es zwar vorkommen, das räume ich ein, dass in manchen Nächten die Arme zuweilen schwer werden und schlaff – ebenso wie der Mut und der Geist.

Doch dies kann immer nur vorübergehender Natur sein. Momente der Schwäche, über welche die Nacht gnädig ihre Dunkelheit zu breiten imstande ist.

Und nur sie. Denn sie ist es, die auch die Sterne birgt.

Dem Tag nämlich könnte ich es niemals gestatten, mir ein solches Geheimnis zu entreißen, gar fremden Augen oder törichten Gedanken sowie denen sich ihnen unweigerlich anschließenden fehlgeleiteten Urteilen und Bewertungen zuzuführen. Die Tage, was tun sie anders als die Menschen auszubleichen wie alte Photographien, die auf den Kommoden alter Frauen hinter blassen Blumengebinden hoffnungslos auf ihre Befreiung warten?

Niemand kann sie befreien. Selbst die Nacht nicht.

Doch die Sterne, die muss man dennoch mit sich tragen. Jederzeit mit sich tragen.

Es ist keine leichte Arbeit die ich mir da ausgesucht habe.

Und doch muss sie getan werden. Immer wieder. Sie stimmen mir zu. Nicht wahr?